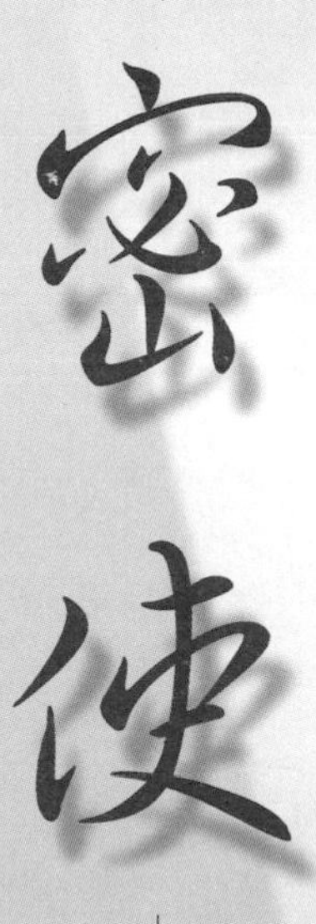

于庸愚著

序言

這是一個和平與戰爭的時代
這是一個狂飈的時代
這是一個迷思的時代
這是一個沒有理想的時代
這是一個沒有誠信的時代
這是一個混亂的時代
這是一個創造的時代
這是一個向下沉淪的時代
這是一個向上提升的時代

這是一個施展抱負的時代
這是一個希望與絕望同時並存的時代
這是中國人的時代
而把握這個時代的是……

這幾句不知道像什麼體的句子，是我在一九九〇年前寫在日記本扉頁上的，當時有感於一件密使事件，一個在台上原是正大光明的人，但在台底下，卻盡是不可告人的事，因此心有戚戚焉，如今十年已去，追憶當年的心境，還是不能自己。

「密使」，在世界歷史上，不是稀奇的事，平時如此，戰時更是如此。在中國的歷史上，「密使」更是屢見不鮮，遠的不談，中日抗戰中期，日本爲了集中力量對付美國，曾遣密使與中國議和，當時的蔣介石總統開出的條件是日本全面自中國撤軍，這樣的條件當然不爲日本接受，所以日本密使的任務失敗了；剿匪期間，蔣介石兵敗遷台，但仍心繫大陸，因此台灣與大陸間時有密使的傳聞，今天，因爲這一段時間的歷史仍未完全公布，究竟有沒有密使、或者前後有多少密使，都是未知數，不過從媒體已經公開的部分，台灣與大陸之間經常有身分特殊的人物穿梭來去，按合理的推測，密使應該不是傳聞，也應不在少數，不過這些「密使」是不是「密使」，並不一定，他們或者負有某種任務，或者只負有傳話的責任。

舉一個小例子，中華民國初遷台灣之時，台灣局勢危在旦夕，美國政府對華發表白皮書，等於公開申明放棄中華民國，在這種情形下，中華人民共和國積極策劃攻打台灣的事，但一時限於沒有渡海工具而難於進行，正在這時，中華民國也得到中共積極策劃渡海犯台的情報，中華民國非常恐懼這一計畫付之實行，因此單方面派遣李姓密使到對岸做說客，希望透過李姓說客打消中共犯台的計畫。這個李姓說客是一個中華民國軍人，他與中共陸軍元帥朱德有很密切的親戚關係，同時也與中共其他軍頭有私交，根據今天已公布的資料顯示，這個李姓說客到了大陸之後，成功的見到了朱德元帥，但卻沒有成功打消中共犯台的計畫，後來不知道發生了什麼事，中共以間諜罪逮捕這個李姓說客，並把他繫獄五年。五年後，中共把這個李姓說客驅逐到香港，但當時的中華民國政府否認曾派遣說客之事，因此無意把這個倒楣的說客接回台灣，在這同時，中華民國情報處卻在一面否認曾有說客之時，卻很奇怪的把李姓說客當做叛諜，因爲情報處認爲這個李姓說客在被俘後說出了國家機密，不過還算中華民國情報處良心未泯，當李姓說客被中共驅逐到香港之後，中華民國情報處送李姓說客一家赴香港團聚。終李姓說客一生，未能再返回台灣。那麼李姓說客是不是背叛了中華民國呢？根據中共正式解密發布的文獻看，李姓說客並沒有背叛中華民國，那麼中華人民共和國後來爲什麼沒有侵犯台灣呢？這是因爲韓戰恰在這個時間開打了，中華人民共和國原擬在韓戰開打時同時犯台，也得到蘇聯首肯，但韓戰開打第六日，美軍迅速參戰，中華人民共和國眼觀美國的強烈反應，知道犯台不是好玩的事，因此在蘇聯的不支持下，撤消了犯台之思。

到了蔣經國時代，蔣經國繼蔣介石的遺志，朝思暮想的還是中國的統一，但蔣經國有感於台灣台獨勢力日益龐大，已快有壓制不住的可能了，因此密使更是急如星火的穿梭兩岸，似乎頗有在他有生之年完成中國統一的迫切感。蔣經國無意求取台灣獨立的決心，可由後來的事實證明，當美國與中華民國斷交時，依國際外交禮儀，雙方大使必會在斷交日前離去，在這個遊戲規則下，中華民國駐美大使當然依傳統之禮在斷交的前一日下旗歸國，但是美國駐中華民國大使莊德徠先生卻未能依國際外交禮儀在斷交之日前離去，也即下旗而未歸國，直到下旗半個月後才姍姍歸去。莊德徠先生為什麼不依國際外交禮儀行事？依莊德徠先生自己的話，他有私事待理；當然，我們不必相信他仍有未完成的私事，我們寧願相信他有重要的工作還未完成，所以寧違國際外交禮儀，只是我們想不出他有什麼重要的工作仍待處理，今天，莊德徠先生在台灣最後的工作，卻由中華民國政府退休的官員以在野的身分不經意的透露出來，原來莊德徠先生奉美國政府之命，在中美斷交後，以非正式的、但很慎重的，徵詢蔣經國總統是否有意在國際上搞兩個中國，美國願意在這上面出力。用莊德徠先生自己的話是：「美國可以為台灣做些只有美國才能辦得到的事情」，也即暗指台灣獨立，但蔣經國總統在考慮了一個星期後，最後還是拒絕美國的好意。因此莊德徠先生奉美國政府之命在中美斷交後還留在台灣秘密的處理這件攸關台灣未來的事情，最後還是碰壁而回，因此由這件事也可反證蔣介石與蔣經國前後兩任總統一貫的反台獨的立場。不過台灣獨不獨立是一件事，如何與中華人民共和國統一又是一件事，但這個問題相當敏感，若是一個談不好，台灣這艘船有可能翻掉，那就毀了兩千兩百萬人辛苦打下來的基業了，在戒嚴年代，這個問題更不宜公開談論，於是在蔣介石與蔣經國兩代總統期間，密使應運而生，是很合理的推測。

現在我們不知道在這期間雙方派遣密使是誰首先主動提出的，現在我們也不知道雙方一共派出了多少密使，這些密使又是誰？我們也還不知道雙方密使談了些什麼問題，不過有一點我們是知道的，雙方的密使一定談得很愉快，但最後卻是無疾而終，因爲此時發生了一件突發的事情——蔣經國總統突然逝世。

目前，也還沒有人公布蔣經國與鄧小平之間的密使經過，不過我們可以藉鄧小平在款待來訪的前國民黨重要黨工的一句話中反證雙方密使的存在，也可反證雙方密使談得很愉快的情形。鄧小平說：「可惜蔣經國去世得太快了，否則，在他那邊，他說了算數，在我這邊，我也說了算數，在沒有人能反對下，中國早就統一了！」

最近一陣，台灣又傳出密使之聲，不過這一次卻是有根有據的。沒料到向來被人認爲是「隱獨」的李登輝總統，也是玩密使的高手，思之不禁令人悚然——一個密使的產生，都有時代的背景，有時也有此必要，但在中外歷史上，未聞有任何密

使曾經成功的救國救民，也未聞任何密使曾爲國家立不朽的功業，這是密使本人以及玩密使的主人不能不思及的。

世界上的密使雖多，密使的命運卻差別很大，有些人因此喪命，有些人因此飛黃騰達，有些人因此在媒體上得到「兩天生命」，從此就默默的消失在人海裏了，最不幸的是，有些密使因自認對主人有功，因此倚「一人之下」，在國人面前，今天罵這個，明天罵那個，罵盡朝中文武，變成了人人痛恨的「宦官」、變成了「一常罵」。

公元二〇〇〇年，南懷瑾授命他的學生魏承恩公布中華民國與中華人民共和國自一九九一年至二〇〇〇年十年之間的密使事件，這是我們知道的最新版的密使事件，因此成爲坊間轟動的新聞，不過所有關心海峽兩岸發展的人，都知道今日所曝光的密使事件絕不是全部的密使事件，因此在這密使事件曝光的同時，我們只能想像，與這差不多的密使，正不知有多少還在穿越海峽兩岸，還在絡繹於途。

這是我的幻想嗎？不！絕不是的！有徐家屯先生可替我證明。徐家屯先生是中華人民共和國的台灣通。徐家屯先生與中華人民共和國前國家主席楊尚昆先生私交甚篤，曾獲楊尚昆授權處理對台事務，後來徐家屯先生派駐香港新華社分社社長，在香港還是英國殖民地時代，這是中華人民共和國駐香港最高的政府官員。徐家屯先生自一九九三年到任，一九九〇年卸任，但在任內發生驚震世界的六四事件，因徐家屯先生同情與政府對抗的學生，因而招致政府的不滿，因此徐家屯先生擔心自己的生命安全，所以在卸任後立即亡命美國，成為中華人民共和國建國以來最高的亡命他鄉的政府官員。

徐家屯先生既是中華人民共和國駐香港的最高官員，而香港的特殊地理環境，又是中華民國官員與中華人民共和國官員出入最密的地方，雙方諜對諜、外交對外交，因此雙方交手的機會自比它處多，當然，密使來往也穿梭其間就不免了。根據徐家屯先生二〇〇〇年七月二十五日在美國聖地牙哥對香港《東方日報》說的話，就可以證明這不是我的幻想。徐家屯先生說，他於一九八三年出任新華社香港分社社長，到一九〇〇年卸任期間，曾多次安排兩岸密使互訪事宜。在蔣經國時代，台灣一位密使在他的安排下，多次順利的從香港進入中國大陸，由於保密非常嚴格，知情的人很少，因此每次都很順利，這位密使的身分一直到今天還沒有曝光。

徐家屯先生不願透露這個人的身分，只說這名密使是「很重要的人物」，這個密使做了什麼？赴大陸會見誰？當然，徐家屯先生更不願透露了——我想，如果印證鄧小平先生不經意的透露，再加上徐家屯先生的話，如果我的幻想是不錯的話，我猜這個密使一定是奉蔣經國總統與鄧小平先生磋商兩岸統一事宜的人，否則鄧小平先生不會有那種「我們兩人說了算數」的感慨。

一九八八年，台灣進入李登輝總統主政的時代了，在這時期，李登輝總統的隱獨思想也漸漸發酵，想來中華人民共和國的領導人可不喜歡李登輝總統的這種隱獨思想，因此加重了對台灣的統戰工作。很難想像道貌岸然的李登輝總統，也是玩密使的高手。根據台灣e世代問政聯盟透露，大約在公元一九九五年左右，遊走兩岸的台灣航運鉅子張榮發，曾當面建議中華人民共和國主席江澤民先生，由長榮提供船隻，安排兩岸領導人在台灣海峽中線見面的談判，並得江澤民先生當即同意，但李登輝總統擔心當時自己的地位還不穩固，不敢貿然嘗試，不過這已經埋下李登輝總統愛玩密使的伏筆了。然後就是二〇〇〇年鬧得風風雨雨的密使事件來了。

李登輝總統與海峽對岸的密使來往開始時，徐家屯先生在香港的工作已幹得有聲有色了，此時的徐家屯，既已成功的整合了左派的力量，又在某些方面，成功的改變了香港人對中國共產黨的形象，徐家屯先生眼見水到渠成，此時在上級領導人的同意下，也曾數度派自己的秘書權充密使，直接與台北高層接觸，這是徐家屯先生今日已公開承認的。中華民國的李登輝總統，雖然有隱獨的思想，但在政治現實下，還是不敢喊出台灣獨立的口號，因此不得不與中華人民共和國虛與委蛇，所以才有密使登場的機會，而李登輝總統每次派出密使，只要是過境香港或澳門，徐家屯先生也會接到李登輝總統的通知，因此徐家屯先生雖未指名道姓的指出密使姓名，但他的話自有分量。

徐家屯先生認爲李登輝總統「城府太深」，因此不能信任，他認爲中華人民共和國主席江澤民先生就沒有李登輝那麼狡詐了，因此在密使事件上，比不上李登輝的花樣多，看來密使事件也是海峽兩岸兩個領導人私人的隱密戰鬥了。

這本書，不論是內行人或外行人，都可以輕易的看出來，內容是百分之百的杜撰，書中的主人翁經歷了中國最驚心動魄的時代，經歷了個人的掙扎，最後在半被迫下，成爲兩岸之間的密使，從而也看透了密使這個行業與政治的爾詐我虞，不過這本書的內容雖是百分之百杜撰的，如果有人認爲或者人世間眞有其人、眞有其事，我不反對。

密
使

老老爺最後一次注視院子，只見能搬的都搬空了，不能搬的也包起來紮起來了，一副逃難的淒涼景象。

老老爺正默然間，突然，門伊呀一聲的開了，小癩子的娘從門後出現。

「老老爺！」小癩子的娘忽然跪在老老爺的面前。

「什麼事？妳跪下來幹什麼？」老老爺說：「妳還不快點告訴阿福，我就要啓程了！」

「老老爺就要走了，我……我……」小癩子的娘說：「我……我……有一件事……」小癩子的娘遲遲疑疑的，似乎難以開口。

「在這兵荒馬亂之時，妳還不快起來說！」老老爺有點惱怒的說。

「老老爺不答應，我不起來！」

「究竟是什麼事呀？妳不說我怎麼能答應妳？是不是我給的安家費不夠？」老老爺說，但心裏有點不高興：「不管是什麼，妳都起來說話呀！」

小癩子的娘還是不起來，還是哀求的說：「哦，不是！不是！老老爺對我恩重如山，我怎能再多要求，我……我只是想請……請老老爺把……把小癩子……小癩子也帶走！」

「什麼？」老老爺似乎吃了一驚：「你叫我把小癩子帶走？小癩子可是妳的骨肉啊，妳瘋了嗎？」

「是的，這個我知道，」小癩子的娘說：「只是日本人來了……」

小癩子的娘正說到這裏時，門又忽然開了，只見阿福進來。阿福一進門，什麼也不說的就先跪了下來。

「阿福，你也瘋了？」老老爺說。

阿福跪在老老爺面前，這才慢慢的說：「老老爺別吃驚，小癩子的娘不會說話，得罪了老老爺，還是我來說好了，」阿福說：「小癩子的娘和我只有小癩子這麼一個命根子，現在日本人就要進城了，老老爺留下龐大的家宅交給我們，老老爺也就要走了，從此再沒有人能保護我們了，我想請老老爺再對我們開恩一次，請老老爺把小癩子帶走……」

「什麼？你也要我把小癩子帶走？」老老爺說。

「是的！」阿福堅決的說。

「為什麼？」

「請老老爺代我們保留這個命根子！」

「但我也是自顧不暇呀！」老老爺說：「你想想看，老爺出國未歸，現在日本人就要打進來了，我帶著這一大家子逃難去，所有的責任全在我一個人的身上，可是這一大家子，老的太老，幼的太幼，而且日本人來勢洶洶，我是去逃難啊！」老老爺說到這裏，不禁停了一停，這才又接著說：「而且，說眞的，這一次，只怕日本人不會罷休，依我看，也許一年兩年都不會解決，因此我連我自己的命運也不知道，我只能走一步算一步，最後是什麼樣結局，我想都不敢想，我甚至可以明明白白的告訴你，依我這一大把年齡，我此次去，我是否還能活著回到北平都有問題，若是在逃難的半路上，小癩子有個什麼閃失，那我怎麼向你們交待呢？」

「我們想過了，」沒料小癩子的娘和阿福一起說：「若是小癩子有福照顧老老爺一輩子，總比死在日本人的手上好，同時小少爺也要一個伴呀！」

老老爺想到小孫子王進，也覺得怪可憐的，因此就有點心軟了。小小的王進一生下來，娘就去世了，父親又遠在國外，遲遲不歸，這些年來，王進唯一的玩伴就是年齡相仿的小癩子，有時候老老爺似乎覺得王進與小癩子是一對兄弟，不是主僕的關係。

「但是……這件事……這件事，不能只由我們三個人決定呀，」老老爺說：「起碼也要問問小癩子！」

「我願意！我願意！」沒料小癩子也從門外闖了進來。

「好呀，原來你們是串好了的！」老老爺說。但老老爺說著，把小癩子叫了過來：「看你的樣子，還真是聰明機伶的，而且還有一副好身材，你幾歲了？」

「五歲！」小癩子說。

「你爹你娘叫你跟我走，你可願意？」

「願意！」

「但我這一次走，是逃難，不是去享福，吃不好、穿不好、沿路可能還很危險，你不怕嗎？」

「老老爺都不怕，我怕什麼？」小癩子說：「小少爺比我還小一歲，我可以保護他！」小癩子說著伸出了拳頭。

「五歲就敢如此誇口，」老老爺笑了：「好，你跟我走吧！」

蘭州

黃昏，偌大的院子裏空空的。麥子收了，耕稼息了，一切都是靜靜的，好像不聞人聲，倒是黃河滔滔的聲音傳來，震撼著這個寂靜的角落。這幾年來，黃河彎彎的從王進家的大門前經過，王進每天看同樣的風景，聽同樣的聲音，早已習慣了，不過，現在，在黃昏裏，在王進的眼中，黃河似乎特別漂亮：黃河在黃昏的太陽下，如一條發亮的彩帶，彩帶映著他的眼睛。王進想：這眞是天賜給他的最大的、最漂亮的玩具！

對王進來說，蘭州可是一個好地方，能玩的地方可眞不少，不過說眞的，對王進與小癩子兩個人來說，蘭州最好玩的還是羊皮筏子。羊皮筏子是黃河中上游主要的運輸工具，它沒有動力，因此只能順流而下，不能逆流，那麼它怎麼回程呢？因爲羊皮筏子只是幾張羊皮，它很輕，順流而下後，如想再回原地，只需把羊皮筏子背起來，沿著河，一步一步就走回頭了。不過王進與小癩子都還小，沒人肯載他們玩羊皮筏子，他們唯一的辦法，就是哀求李老頭子，因爲李老頭子的心最軟。

「李老爹，咱們玩你的羊皮筏子吧！」王進與小癩子說。小癩子因爲入學的關係，已恢復本名徐國助，但王進因爲叫慣了他的乳名，還是一時改不掉。

「去！去！去！」李老頭子說：「你們兩個小毛頭鬼子，那夠資格玩我的羊皮筏子！叫你爺爺來吧！」

王進與徐國助看看李老頭的反應，知道今天無望玩羊皮筏子了，於是一溜煙的跑了！可是隔著老遠的麥田，在黃河的滔滔聲裏，王進聽見老老爺的聲音。

「進！」老老爺叫著。

「是！我在這裏！」王進從院子那頭的角落轉了過來。

「告訴你一個好消息，你爹在美國已經學成，就要回來了！你看！你爹的信！」老老爺說。

「眞的？」王進半信半疑的說。

「老老爺什麼時候騙過你？你看信呀！」老老爺興奮的說：「你喜歡不喜歡你爹回來？」

「喜歡！」王進說。

其實王進心裏一點也說不上喜歡與不喜歡，因爲自王進出世時起，爹就遠在外國了，這些年來，中國一直打仗，爹也就從沒有回過家，因此王進打從娘胎裏出生以來，就從沒有見過爹，也不知道爹長的是什麼樣子。王進對爹的印象，都是奶奶告訴他的。奶奶口中的爹，不用說，當然是全世界最英武、最能幹的啦，可是現在爹就要回來了，王進現在想的卻是：不知道爹兇不兇？假如爹很兇呢？那時他怎麼辦？那麼他還能不能玩羊皮筏子？

「哦，對了，」老老爺似乎想起什麼了：「小……小……小癩子呢？哦，我是說國助。」

自從小癩子正式上學以後，老老爺覺得不能再叫小癩子是小癩子了，而改口叫他徐國助，但是老老爺老是覺得徐國助這個名字很拗口，有時候還是情不自禁的叫他小癩子。

「不知道！」王進說。其實王進心裏清楚得很，剛才他們兩個還在一起玩羊皮筏子呢，只是王進不願說罷了。

「我知道他又逃學了！」老老爺說：「唉，我眞不該帶他出來的……我怕我對不起他爹……你叫他小心神龕底下的鞋底吧！」

王進知道老老爺說的是什麼，那是家法。在老老爺的神龕底下，繫著一個鞋底，鞋底是專打手心的，不管是王進或者是徐國助，誰搗了蛋、誰闖了禍，老老爺就端出家法鞋底來，因此王進當然領教過鞋底的滋味，只是小癩子……哦，不，徐國助，領教得更多，更深，因爲徐國助經常逃學，在老老爺的心裏，徐國助不是一個好學生。

王進不知道徐國助爲什麼那麼愛逃學，有時候明明知道老老爺在，也逃學去玩羊皮筏子，不過王進也眞佩服徐國助，他在挨家法的時候，竟然沒有一點眼淚，也看不出挨手心的痛苦。

「你眞的不怕老老爺的鞋底嗎？你爲什麼一滴眼淚也沒有？」有時候王進問徐國助。

「怕！當然怕！」徐國助說：「但流淚幹什麼？我又不是女娃娃，再說是我逃學，我也該挨打！」

「那麼你下次不逃學不就成了？」

「唉，讀書是你應該做的事情，」徐國助說：「我，我只是長工的兒子，我天生的沒有那個腦袋！」

「誰說的？你比我聰明！」

徐國助笑起來了：「我只有這個比你厲害，」他說著伸出了拳頭：「如果誰敢欺負你，我替你打扁他！」

「可是有一天我們意見不合，你也用拳頭對付我，那我就不是你的對手了。」

「哦，不會！不會！我的拳頭永遠都是保護你的，絕不會打你！」小癩子說。

「眞的？」

「當然，我可以發誓！」

王進與小癩子都笑了，王進與小癩子都忘了老老爺掛在神龕底下的鞋底了。

入夜，王進與一家人都在大堂裏，還有小癩子徐國助。

老老爺坐在太師椅上，威嚴的對著王進：「說，今天是不是又玩羊皮筏子了？」

王進不作聲。

「說呀！」老老爺說：「你究竟去了沒有？你不知道羊皮筏子是很危險的事嗎？」

「老老爺，不關王進的事，是我拉他去的。」徐國助突然站起來說。

「我當然知道是你出的主張，」老老爺更嚴肅的板著面孔：「爲了你爹託付給我的使命，我不能不管你，所以我當然也會處罰你，不過你不是我的孫子，我在處罰你之前，我必須先處罰我的孫子，否則你會說我偏心，不過你既然搶著認罪，你們兩個一起受罰好了，那麼你們自己說吧，你們該領幾次家法？」

「三下。」徐國助說。

「兩下。」王進說。

「主犯三下，從犯兩下，你們統統伸出手來！」

老老爺的鞋底打在王進的手上，王進的眼淚都快流出來了，但鞋底也打在徐國助的手上，徐國助卻面不改色。

王進一直奇怪，徐國助怎麼爭著挨打？以他們所犯的規，應該只挨一下就夠了，他卻要爭著挨三下，難道那些鞋底打在手心上眞的不痛嗎？

「痛，當然痛呀，」有時候王進問徐國助，徐國助總是如此回答：「是我該挨打，我還害你也一起挨打，眞對不起你，所以我寧願多挨幾下。」

「那麼你以後還敢不敢再玩羊皮筏子了？」

「當然敢！但是你呢？」

「也是當然敢！」

於是王進與徐國助互作一個鬼臉，又去玩羊皮筏子了。說眞的，在這個荒僻的地方，除了羊皮筏子外，還有什麼可玩的？這就是王進與徐國助寧冒家法也要玩羊皮筏子的原因。

這一天，王進與徐國助又偷偷的玩了羊皮筏子，回來之時，想到又要挨老老爺的鞋底，因此不敢走大門，只能從邊門躡手躡腳的進到院子裏，當然更不敢驚動老老爺，沒料他們一推院門，王進與徐國助都嚇了一跳，寬寬坦坦的院子裏竟都是人！

顯然有什麼大事發生了，王進想。

「哎呀，小少爺，你到現在才回來呀？都快把我們找死了！」王進剛一進院子，就被做長工的老嬤嬤看到了。

「什麼事呀？」王進說。

「你還說什麼事呀？可是大事啦！」老嬤嬤說。

「是不是我玩羊皮筏子的事妳報告給老老爺知道了？」

「哎呀，你又玩羊皮筏子了？那還得了呀！不過你這一次運氣可能比較好，我不告你了，」老嬤嬤說：「你還不進去？你爹從外國回來了呀！」

「那麼妳的意思是說，我可以不領家法了？」王進說。王進對爹從外國回來的反應似乎不強。

老嬤嬤可沒搭理王進，立刻帶著王進走入大堂，這時整個大堂裏已都是人。當王進進入大堂時，整個大堂裏的人都歡呼起來。

王進從沒見過大堂裏有那麼多人，王進想，這一次也許眞的可以不挨家法了。

「過來！」老老爺叫著王進。

王進向老老爺走去。

王進看見老老爺身邊坐著一個男人，他不認識他！

「叫爹！」老老爺指著身邊的男人對王進說。

剎那間，王進呆了。

「他是你爹呀，叫呀！」老老爺催促的說。

「爹！」王進終於叫了，王進自己也感覺得出來，他叫得十分生硬。

「過來，讓我瞧瞧。」爹說。

王進只好走到爹的面前。

「嗯，你果然長得像我！」爹說：「咦，你的手怎麼那麼冰冷？是怕我？還是不舒服？」

「報告老爺，小少爺沒有什麼不舒服，」沒料老嬤嬤搶著說：「他剛從黃河上玩了羊皮筏子回來，是風吹的！」

「什麼，又去玩羊皮筏子了？」老老爺說。

「不礙事的，小孩子嘛，讓他玩吧，」爹對老老爺說，然後又對王進說：「告

訴我，這一次，你在黃河上看到什麼？」

「我看到日本鬼子的飛機向黃河投毒藥，白色的！」

「好，有沒有告訴別人？」

「有！我告訴李老頭子了，他打鑼打鼓的告訴別人。」

「做得對！」爹稱讚的說。

這是王進第一次見到爹，王進覺得爹還是很和藹的，起碼沒有想像的那麼兇，爹也沒有給他家法，但王進在享受爹的好言好語時，回頭一看，卻看見徐國助扒在紙窗上，正定定的望著他，露著羨慕的眼神。

日本飛機三天兩頭的來，有時是炸彈，有時是毒藥，這些對王進與徐國助來說，都不稀奇了。現在王進與徐國助比較有興趣的，是一對孿生的姊妹季季與薇薇，她們是學校裏新來的同學。

她們也是逃難來的，她們的老家南京，早就淪陷在日本人手中了，她們隨著家人在大江之南逃了好幾年後，才逃到蘭州來，她們逃難的情況幾乎與王進一模一樣。

王進覺得她們兩個都很可愛，那個姐姐季季似乎更可愛，不過說眞的，王進雖覺得她們可愛，可又覺得她們有點土蛋，土頭土臉的像個土包子。

王進與徐國助就讀的學校，距他們的家有五里路，每天上學放學，沒有交通車，都必須步行。步行有兩條路，大路路程較遠，大路雖有馬車，偶爾也有汽車，可是馬車多汽車少，但不論是什麼車，他們都無錢乘車，而且那些車都是貨車，是不載客的，因此他們上學放學走的都是小路，因爲小路比大路近多了。

這條小路，沿著黃河的一側，因此黃河的奔騰、黃河的滔滔聲，全在他們的眼睛裏與耳朵裏，有趣的是，這一對姊妹，不但與他們同校，而且也住在他們附近，她們每天上學放學所走的路，也是這一條小路，因此他們幾乎每天都是結伴同行，學校裏的事、家中的事、日本侵略中國的事，也在這條小路上從頭談到尾，因此這條小路頗不寂寞。

王進想：這條小路除了黃河滔滔外，還有果園、還有羊皮筏子、還有日本人、還有這一對姊妹，日子眞好！

春來秋去的，一晃眼，就又是幾年去了，這一天，當王進懶洋洋的從學校裏回來時，看見爹正在等他。

「爹！」王進說。

「聽說你交女朋友了，是嗎？」爹說。

「不！不是女朋友，是同學！」王進說。

「小不點兒長大了！」爹說。

爹說完了就沒有再說什麼。

王進可不想人家說他交女朋友，因此王進說：「爹，怎麼，又是那麼多行李？」

「是的，」爹說：「我在等車！」

「看你那麼多行李，又是有遠行嗎？」王進說。

這些年來，爹一直有遠行，可是每一次王進都不知道爹去了哪裏，現在王進又看見滿屋子行李了，馬上就知道爹又要遠行了，王進想：這似乎也是例定的事了。

「那麼什麼時候回來呢？」王進說。王進知道若問去處，必是沒有答案的，因此只問回程。

「不知道，總要一年半載吧？」爹說。

「爹，為什麼你老是走？」

「沒辦法啊，」爹說：「現在是打仗啊，我是醫生，總要救人的。」

「那麼什麼時候才能不打仗呢？」

「快了……快了……日本人就快無條件投降了……」爹說。

「但是日本飛機還是天天在我們的頭頂上扔炸彈、也還是天天在黃河裏撒毒藥！」王進說。

日本人是不是像爹說的，很快的無條件投降呢？王進想，也許眞的是的，因為王進在學校裏也聽到日本就快無條件投降的事了，但王進不明白的是，既然如此，那麼日本飛機怎麼天天還在頭上呢？這些日本飛機眞可惡，它們的炸彈越來越多，毒藥也越來越多！

爹眞的走了，在日本飛機的轟炸下走了，爹沒有告訴王進什麼時候回來，王進雖問也等於沒有問，因此王進不知道爹什麼時候回來！

就在爹走的這天，王進、徐國助以及那一對孿生姊妹，又在放學的小路上聚頭了。這一次是他們約好的，可是也就在這時，一架日本飛機對著他們低空俯衝而來，王進看見日本飛機白白的肚皮底下，吐出一個黑黑的東西。

「炸彈！危險！」王進說。

這只是電光石火的一閃而已，王進根本來不及再說什麼，就撲到孿生姊妹季季的身上，把她壓倒在地上。

「轟！」很大很大的爆炸聲。炸彈在他們很近很近的地方爆炸了，王進覺得他的耳朵都被炸彈弄聾了。

王進在驚天動地的聲音後，呆了好一陣子，當王進再抬起眼睛時，看見自己滿身都是土，再看看其他人，也都是滿身土，王進眞的差點兒嚇呆了，因此大叫起來：「喂，你們還活著吧？」

幸好每個人都是一身土，每個人都還活著，只是季季叫了起來：「喂，日本飛機走了嗎？喂，王進，你怎麼還壓在我身上？」

越來越多人傳說日本人就要無條件投降了，但在王進的感覺裏，似乎不是那樣子的，日本飛機似乎越來越勤，似乎不惜全力的做最後一擲。日本人似乎瘋了，竟一連幾天，不但加緊了轟炸，還加緊了撒毒藥，因此學校只好停課了。

可是，奇怪的是，學校一停課，日本飛機竟一架也沒有來。

天空中沒有日本飛機，王進反而覺得怪怪的，王進不知道日本人搞什麼鬼，心想，也或者，一定發生了什麼大事，所以日本人才這麼神經。可是王進又不知道自己想的是不是眞的，反正日本人的飛機沒有來，因此王進立刻拉著小癩子趕到學校，哇！不得了！整個學校都人山人海了，都在慶祝！原來日本已眞的無條件投降了！

中國勝了！中國勝了！中國八年抗戰終於勝了！王進想：日本飛機再也不敢在中國人的頭上下蛋了！還有日本人的毒藥，再也撒不下來了！

日本無條件投降，這是中國人等待八年的最好的好消息，但對王進來說，除了這個消息之外，王進還在等待爹的消息，而這個消息還不知道要等多久！

從前，做醫生的爹，一直在前方救人，沒暇也無法回來看他，現在抗戰勝利了，沒有仗打了，前方受傷的人也都漸漸走光了，可是爹呢？他為什麼還等不到爹回家的消息？

每日每日，黃河依舊滔滔價響，每日每日，依舊沒有爹回家的消息。王進不禁想：爹發生了什麼？

春來秋去，季節如走馬燈似的轉動，但還是沒有爹的消息。

轉眼間，徐國助早已小學畢業了，不過徐國助自知成績不佳，自己放棄升學的打算，再轉眼間，王進也小學畢業了，王進可是想升學的，但是這個地方沒有中學，要入中學就要到很遠很遠的城裏去。

這可是一件大事，老老爺要仔細磋磨，可是爹沒有消息，誰來拿主意？

王進想著爹，心裏就不高興：「爹在國外讀書的時候，不管我，這還說得過去，但現在，抗日戰爭勝利了，別人的爹都回家團聚了，為什麼只有我的爹不回來呢？爹為什麼不管我？」

王進這樣自問著，因此腳步不由自主的來到黃河上，來到常教他玩羊皮筏子的李老頭子的地方。

「看你的樣子，好像很不高興。」李老頭子說。

「是的。」

「為什麼？」

「我爹仍沒有消息。」

「那有什麼關係，反正仗打勝了，你爹遲早會回來的。」

「但是……」

「你是不是又想玩羊皮筏子？」

「是的！」王進說。王進一聽有羊皮筏子可玩，就把他原要說的話忘了。

「那你就拿去玩吧！」李老頭子說著就把羊皮筏子從掛著的牆上拿下來：

「咦，怎麼只有你一個人？還有徐國助呢？」

「他忙著呢！」

王進說著說著就拿過羊皮筏子，就跑向黃河。是的，王進並沒有說謊，徐國助是眞的忙著，而且很忙很忙，只不過王進不知道徐國助近來忙些什麼。王進覺得徐國助近來好像神神秘秘的，與他疏遠了，王進很不喜歡徐國助的這種忙。

王進玩了一下午羊皮筏子，直到筋疲力盡時才意猶未盡的回家，可是剛一走進院子，沒料老嬷嬷就從邊屋裏大叫大呼的跳了出來：「哎呀，小少爺，你到哪兒去了呀？我找你找了一個下午了！」

「什麼事？」王進立刻想到老老爺久未動用的掛在神龕下的鞋底——家法。

「你進去就知道了！快呀！」老嬷嬷說。

王進忐忑不安的進入大堂，意外的，大堂裏都是打包好了的包袱。

「老老爺，怎麼……？」王進說不出話來。

「你再不回來，我們就走了！」老老爺說。

王進不禁放下心來，這一次，老老爺不再以鞋底侍候他了，但是王進不禁也奇怪起來，因此問：「那麼……我們這一次、這一次、又逃去哪裏？……我們不等爹回來嗎？」

「這一次不是逃難！」老老爺說：「我們是回北平！回我們的老家！你爹在老家北平等我們！」

重回北平

回到北平，小小的王進，就可說悲喜交集。喜的是，小癩子終於與他分別八年的爹與娘見面了，喜的是北平家園仍在，只是寥落干戈後；悲的是小癩子的爹在日本人的拷打下，一條腿殘廢了。

對老老爺與王進來說，也許這些都不是最重要的事，最重要的是王進的讀書的問題。

王進有點奇怪，老老爺說，爹會在北平等他的，因此王進想，他的讀書問題爹會替他解決，老老爺也一直是那麼對他說的，可是直到王進到了北平很久很久，都沒有看見爹，後來王進才知道爹去了南京，而不是北平。

現在王進必須自己管自己了，因爲老老爺已經很老很老了，他已無力再管王進的事了，「爹總在我最需要他的時候他不在！」王進那麼想。

北平有很多中學，王進隨便挑了一個距家最近的，胡亂的報了名，就這樣入學了，但緊接著，王進發現他根本無法好好讀書，因爲北平已不是往日的北平了，北平變了，北平幾乎天天都有學生示威，他們高呼共產主義萬歲，高呼國民黨混蛋，他們天天在街上高叫著打倒這個，打倒那個，中學生，大學生，天天示威，特別是大學生，已不再好好的坐在教室裏了。

當然，這些示威，在起初的時候，並不是這樣子的，起初只有幾個大學生在街上大叫，後來才是全部大學生都到街上大叫，再後來連中學生也參加了，北平似乎已沸騰了。

王進的學校也是如此，王進天天看著同學拿著白布條，天天在街上吶喊似的遊街，王進覺得很不是滋味，王進的書也根本讀不下去了。

王進想：他重回北平，也許是錯的。

由於國民黨剿共失利，北平外圍的一些小城小鎮全都淪爲共產黨所有，北平實際上已被共產黨包圍，在這時候，許多因戰爭而流離失所的難民也開始湧入北平。北平原就人口擁擠，現在每天又湧入數萬難民，北平實在難於招架，不但住的不足，吃的也不足，一些難民在走投無路的情形下，只好打劫、搶、偷，再加上北平原就有的大學生中學生天天示威的政治氣氛，北平的治安蕩然了，北平已不是一個可以住的城市了！

黃昏，王進踩著示威學生留下的滿地紙屑回家時，忽然，一條小巷子裏跳出幾個難民，他們手持木棍兇狠狠的對王進說：「小少爺，我們已三天沒有吃飯了，把你的錢留下來吧！」

「你們竟敢打劫！」王進說。

這雖然是王進第一次遇到打劫，但王進對打劫的事並不新鮮，因爲同學中已有許多人遇到打劫了，社會上更是把打劫說的繪聲繪影。說眞的，王進很同情這些難民，他們逃難已逃得一無所有了，他們不得不靠打劫生存，罪不在他們，但現在，王進實在沒有什麼東西可給他們的，因爲王進身上也沒有錢啊！

「什麼?你沒有錢?」難民說著說著就把棍子對著王進，就要打下來。

王進想：假如他的棍子眞的打下來，他是說什麼都逃不掉了，可是王進絕沒有料到，就在這千鈞一髮之際，王進突然聽見一聲大呼：「你們敢！」

原來是徐國助！

徐國助雖然只大王進一歲，但因體格魁偉，看上去已經像個大人了，現在那幾個難民聽見徐國助的大呼，又看見他來勢洶洶的出現，那幾個難民不禁有點害怕，因此想逃。

徐國助也眞的不是好惹的，他揪著其中一個，就拳落如雨。

「住手！」王進不禁叫了起來：「他是難民！」

「怎麼？」徐國助說：「難民就有打劫的權力嗎？」徐國助還是拳落如雨。

「但他也想活命啊！」王進說：「他沒有錯，你放了他吧！」

徐國助似乎充耳不聞，仍是拳落如雨。

王進火大了，對著徐國助就是狠狠一拳。

徐國助沒有料到王進會向他揮拳，當然更沒有料到從不打架的王進，揮出的拳頭竟揮的那麼重，因此王進一拳就把他打了一個四腳朝天，嘴上也出現血跡。

「你怎麼打我？」徐國助說。

「我叫你放了他，你不聽，這是我給你的教訓，」王進說：「你不服氣的話，你可以爬起來跟我打呀！……你爬起來我們打呀！……你打我呀！……」

沒料徐國助仍趴在地上，只拭著自己嘴唇上的血說：「……你打吧！你高興的話，你再打吧！我小癩子一輩子只會保護你，我絕不會與你打架，如果你高興的話，你再打我吧……」

小癩子始終沒有起身，最後還是王進把小癩子拉起來！

兩次飄雪後，一個黃昏，王進剛剛從學校回到家門，剛邁進院子，就看見滿院子都是包紮好了的行李。

王進一看就知道是什麼事了。「老老爺，又搬家啦？」王進問。這些年來，王進對搬家習以爲常，已沒有什麼好驚奇的了，再說，北平已住不下去了，就是王進不問，王進也知道他們是遲早都會搬走的。

「嗯，是的。」老老爺淡淡的說。

「去哪裏？」

「南京，跟你爹會合！」

「但是北平已被八路軍包圍了，我們怎麼走出去？」

「這……你別管，我自有辦法！」

老老爺這麼說，王進自是放心的，因爲這些年來，老老爺的逃難經驗太多了，好像中國近年的苦難，一直都背在老老爺的身上，但王進心裏還有一件事情，不敢大聲的問，只好囁囁的小聲的問：「那麼小……小癩子……哦，我是說徐國助，他們一家人呢？他們是不是也跟我們一起走？」王進想著徐國助，就有點不願與他分離。

「我問過他們了，他們決定不走。」

「爲什麼？」

「他們說，日本人那麼可怕，他們都忍過來了，何況共產黨是中國人，中國人不會對中國人怎樣的。」

「但是徐國助……」

「沒有時間磨菇了，上車吧，」老老爺說：「我們已經遲了，再不走我們就眞的跟不上大隊了，那時就眞的出不了城了……」

王進沒有料到說搬就搬！

王進沒有選擇的餘地！王進只有跳上等待的汽車！但是當王進的汽車緩緩的正在起步時，王進卻一眼看見徐國助，只見他在送行的人群裏。

「小癩子！小癩子！」王進情不自禁的叫了起來：「快跳上車！快！快跳上車！這裏還有一個車位！我們一起走！」

但，小癩子什麼話也沒有說，他只搖頭。

「哦……哦……徐國助，快！跳上車！快把你的手給我，我拉你上車！」王進還是叫著。

但，徐國助還是搖頭。

徐國助始終沒有伸出手來，汽車卻不等待他，汽車飛也似的加速走了，然後汽車一個轉彎，王進就看不見送行的人了。

王進已經經歷過許多次逃難，只有這一次最叫王進難過，王進覺得這一次逃難，他不見的東西最多，也是最沉重的一次逃難，一來王進的年齡漸漸大了，對一草一物有了感情，再來也由許多次逃難中，王進知道人與人的緣分繫於一線，今天擁有的，明天不一定再擁有。王進不禁一邊望著漸漸遠去的家門，一邊想：能再回到北平嗎？能再與小癩子一起嗎？可是這又是誰知道的事呢？

老老爺望著不大不小的王進，可能已體察到他的心境，因此撫著他的頭說：

「快拭乾你的眼淚吧，你與小癩子都不再是小孩子了，你們都會變的，現在的小癩子已是徐國助，已不是小癩子了，他已大了，他有他的世界，他的世界不一定與你的一樣，將來你們是不是一定還能再玩在一起，很難預料，說不定你們兩個人的世界是對立的，那時你們就是仇人了，那時你們很可能爲自己的立場拚個你死我活，我想你記得這點最好。」

「這怎麼會？」王進說：「徐國助和我都鄭重說過，我們是永遠的朋友，他永遠不會打我。」

「但是人是會變的。」老老爺說。

「我不懂人會不會變，」王進說：「最少我想信徐國助對我永遠不變，我也永遠對他不變。」

「好吧，那我就告訴你一個秘密。」老老爺說。

「什麼秘密？」

「徐國助已加入共產黨，你知道嗎？」老老爺說。

「什麼？」王進說。王進好似突然遇到晴天霹靂：「徐國助是共產黨？那你怎麼不告發他？」

「如果我告發他，他只有死路一條，你說我能這麼做嗎？」老老爺說：「這件事他爹他娘都知道，他們無法阻止他，是他們求我不告發他。」

王進忽然什麼話都說不出來了。

王進沒有料到，與他一起長大，與他一起划羊皮筏子，與他推心置腹的小癩子，哦，不，是徐國助，竟還把那麼大的事情瞞住他！王進眞的沒有想到徐國助還有事情瞞住他！特別是那麼大的秘密！

王進忽然想，這或者就是小癩子不肯同他再逃難的原因了，因爲他已經是共產黨，而共產黨正一步步的把國民黨打得暈頭轉向，正一步步取勝！

南京

南京，王進沒有看見爹來接，倒看見爹派來的人。

王進眞不知道爹在忙些什麼。

南京沒有北平繁榮，也沒有北平的文化氣息，但卻有北平沒有的安定。南京沒有學生遊行，也沒有學生罷課，街上也沒有盲流的難民，如果有，也是偶爾的幾個而已，混亂不是完全沒有，只是小騷擾，但不嚴重。

對王進來說，南京是一個陌生的地方，不過老老爺既決心在南京安頓下來，王進最主要的工作，就是找學校接續中斷的學業，好在這點不難，南京有很多好學校，但因來得遲，所有的公立學校都過了招生時間，王進不得不入一個貴族子弟學校，因爲只有它還招插班生。可是叫王進很意外的，那對在黃河上認識的季季與薇薇孿生姊妹，竟又做了同學，原來她們也到南京來了。

王進在走了大半個中國後，與她們異地重逢，這自叫王進與那對孿生姊妹高興不已，不過幾年不見，她們已亭亭玉立了，她們已不是黃河上土頭土臉的小泥蛋了，特別是那個姐姐季季，她更是動人。南京有許多名勝，什麼中山陵、明孝陵、紫金山……等等等等，都留下了王進與她們的足跡。

不過，在這個時代，這樣的好日子似乎不多了，因爲很快的，北平失守的消息傳來了，再緊接著，南京的安寧也沒有了，南京終也步上了北平的後塵，示威、罷工、罷課、流民、打、砸、搶，一股腦兒的全來了，可是比北平更嚴重的是，物資奇缺，南京人就是有錢也買不到東西！

在這樣的情形下，顯然的，南京也不適合居住了，王進想：那麼全中國還有什麼地方適合居住呢？不安定的心情、不安定的前途、不安定的南京、不安定的國家，這使王進不禁偷偷的感慨：「我應何去何從呢？」可是壞消息還是一直不斷的傳來，今天某某城失守、明天某某地失守，王進翻開報紙，竟沒有一個是好消息！

學校也在這時停課了。

「中國絕不應該是如此的！」王進在心裏說。

自從南京有了第一次半夜搶糧的事之後，整個南京就一片沸騰，今天這兒被搶，明天那兒被搶，以往只有夜間搶，現在就連大白天也被搶了，王進眼觀每下愈況的南京，王進就知道非搬家不可了，也盼望著搬家了，可是，奇怪，搬家搬了近半個世紀的老老爺，這一次卻一點兒也不提搬家的事。「老老爺怎麼了？」王進想：「難道老老爺沒有聽見半夜搶糧人踩死人的慘叫聲音嗎？」

就在幾次搶糧之後，突然的，王進從難民口中知道，南京被圍了。

王進想，這一次，就是想搬家，大概也走不脫了。

王進知道，上一次能從北平突圍，靠的是給買路錢，因爲包圍北平的是不是正規的八路軍，而是土八路軍，所謂土八路軍，實際上是一群武裝土匪，沒有政治目標，只知趁火打劫，只知趁危搶錢，只要給夠了錢，就睜一眼閉一眼的放行，可是這次不同，這次包圍南京的是正規八路軍，正規八路軍也收買路錢嗎？怕是沒有！

不過，不管是什麼八路軍，還是有兩條路是八路軍還管不及的；一條是空路，乘飛機衝上雲天，自然可衝出八路軍的包圍，但王進知道，這條路很難走通，因爲只有空軍有飛機，想衝上雲天的人很多很多，可是飛機卻很少很少，空軍軍務倥傯，就是有辦法的人也很難望到；另一條是水路，長江滔滔的與南京擦身而過，長江的控制權還在國民黨手中，這是八路軍鞭長不及的。

不過王進也知道，想搭上船也是難上加難，因爲一票難求。

就在這樣的圍城聲中，自北平一別從未謀面的爹忽然出現了。

「船票！」爹說。

「爹，這幾年來，你在哪兒？」王進問。

「沒空跟你談這些了，」爹說：「我費了很大勁兒，才替你奶奶跟老老爺弄來三張船票，時間很重要，能早一天走就早一天走。」

「爹，那麼你呢？」王進問。

「你不要管我，」爹說：「我明天就到美國去了。」

爹說著就走了。

王進眞的不知道爹爲什麼來去都是那麼匆忙，王進也不知道，國難當頭，爹爲何在這個時候遠走美國？王進當然聽說過，許多許多有錢有勢的人，以及許多許多達官貴人，都在這個時候亡命美國作寓公去了，王進想爹應該不是那種人，因爲爹在日本人的槍林彈雨下，爲傷兵服務了八年，爹應該不是怕死的人，但王進實在不能想那麼多，既然船票的問題解決了，南京的局勢也眞的壞到不能再待下去了，於是奶奶、老老爺與王進，立刻趕到南京浦口碼頭，可是碼頭上早已擠滿了人，有些是有票的，有些是無票的，全都擠著要上船！

長江上果然有一艘船！但是八路軍的炮火，已隔著寬寬的長江，在對岸朝這邊轟著，因此長江沿岸都是轟隆轟隆的聲音，都是炮彈聲，所幸的是，這些炮彈的射程還有點不及。王進觀察那些炮彈，大半的炮彈在半途中都落在長江裏了，這些炮彈在滔滔的江水中激起了一個個的水柱，很美麗的水柱，可惜沒有一個人欣賞這些美麗的水柱。

王進保護著奶奶與老老爺在人群中左衝右突，終於擠上了那艘等待的船，也就在這時，船笛長鳴起來了，船要開航了。忽然，也就在這時，奇異的，王進在船上擁擠的人群中，似乎看到季季與薇薇那一對孿生姊妹，但是人隔著人，無法接近。

「喂！季季！薇薇！」王進舉起手高聲的叫著，想與她們打招呼。沒料也就在這時候，「轟隆」一聲，一個炮彈落進長江裏。

這一次，這個炮彈的落點，距船很近很近，炮彈激起了很大很大的水柱，很大很大的水柱又激起了很大很大的浪，船不禁跟著波浪搖了起來，等水柱完全落下來的時候，王進的全身已經被水柱的浪花打成水淋淋的了，因此眼前一片模糊，季季與薇薇那對姊妹也不知道到哪裏去了。

「啊呀，不好了，有人落水了！」船上有人大叫。

王進回頭一看，果然有一個人在江中載沉載浮。

王進哪管這個人是誰，立刻跳入江中。王進對他的游泳功夫是很自豪的，因為他是從黃河李老頭子那兒學來的，黃河滔滔，尚且無法奈何他，長江比黃河溫柔多了，那麼長江又算什麼呢？

「加油！」船上的人給王進鼓勵。

「加油！」

游！

游！

游！

漸漸的，王進游近目標了，王進一伸手，把目標拉入懷中。直到這時，王進才看清楚這個目標，原來落水的竟是季季。

「季季，抱緊我！」王進說。

季季果然抱緊了王進。

船上的人投下救生圈，王進抱著季季，在所有的乘客的歡呼下重新回到船上，王進已累成了泥人兒。

上海

這一次，王進逃到上海。

對王進來說，上海又是一個陌生的城市。

上海有些什麼呢？高樓、大廈、商人，還有外國水手。

上海的商人仍在做生意，學生仍在上學，家庭主婦仍有菜買，老師仍在教書，如果還有什麼，那就是夜夜笙歌與朱門酒肉臭的生活，上海仍是紙醉金迷的十里洋場！

如果硬說今日的上海與往日的上海有什麼不同，那是在上海較不顯著的角落裏，卻有有一頓飯沒有一頓飯的饑民！因爲國民黨連戰皆敗，戰線越來越短，難民卻越來越多，難民正從四方八面向全中國最繁榮的上海湧來！

王進乍見上海，覺得上海眞了不起，當南京陷落的消息傳到上海時，上海還是如此，上海眞是一個奇特的城市。不過王進又想：上海的好景看來也不會很久了，因爲難民、因爲一種不安的情緒籠罩著它。

王進無法說出這是什麼不安，反正不安就是不安。

王進覺得現在自己已是逃難專家了，王進已能從空氣中嗅到那種不安了。王進覺得自己也是奇蹟，王進竟能以小小的年齡，在大半個中國國土上從東到西從北到南的流浪，這不也是奇蹟嗎？

儘管上海仍是夜夜笙歌，可是南京的失守，國民黨的敗象，這卻是任誰都清清楚楚看得出來了，以往對國民黨還有幻想的人，此刻也不敢再抱任何幻想了，因此上海當然不是久居之地了，王進知道，他們最後還是必須走！但是怎麼走呢？王進就不知道了！一來上海有千萬人口，這千萬人都要走，但能走的路只有一條，那是渡海！

渡海，談何容易？千萬人口卻只有幾艘小船，誰有辦法買到船票？

王進覺得，能逃出南京已很僥倖了，現在要再逃出上海，更加困難！

王進像是困在鐵籠裏的豬，外面是燃燒的火！

遠去了美國、而且一直沒有音訊的爹，忽然從美國捎來了信，爹叫王進稍安勿躁，他正在設法替王進與爺爺奶奶他們弄三張船票。果然，沒多久，爹的朋友在王進的面前出現，不過他只買到兩張去台灣的船票，還缺一張。他答應再想辦法。

但是時局的迫切性，王進知道不能再等了，他們必須要做一個決定！

「你與奶奶先走，我殿後！」老老爺說。

「不行，你與奶奶先走！」王進很驕傲的說，也是安慰他們：「我年輕力壯，萬一有什麼差錯，我可以應付！」

王進所以敢說這種大話，不但是他眞的長大了，也是他的逃難經驗太多了，他眞的看到許多逃難人的遭遇，他眞的認爲他可以應付這個急驟變化的時代。

奶奶和老老爺沒有辦法，只好嘆口氣的先走了。

王進在上海黃浦灘頭，告別他們。

現在，王進只有一個人了，王進在上海無職、無業，也無船票，每天無所事事，王進突然發現，他也是上海千萬難民中的一個，他唯一比難民好的是，他口袋裏有老老爺留給他的錢。不過王進也實在知道，這些錢有什麼用呢？因爲現在的上海已經到了有錢買不到東西的地步了！許多許多上海人，不是沒有錢，而是錢買不到可以充饑的東西！

現在王進每天所能做的，就是等船票，等爹的朋友送船票來，但是爹的朋友一直沒再出現，所等的船票當然也一直沒有下文。

那麼王進剩下的、所能做的，就是想辦法填飽自己的肚皮了，以及東晃西晃了。

「嗨！」忽然，王進的肩上挨了一拳。

「誰？」王進一驚，回頭一看，原來是范文。

王進大吃一驚，大叫起來：「范文，怎麼是你？你不是在北平嗎？你怎麼也到上海來了？你的家人呢？」

范文是王進在北平的同學。

「唉，一言難盡，你呢？」范文嘆氣著說，似乎不想再提往事了。

「還是說來聽聽，或者你說的正是中國人的故事呢。」王進還是堅持。

「好吧，反正大家的故事都是差不多的，」范文說：「北平被圍，能走的人都走了，不能走的人也想走，我就是不能走但又想走的人。」

「快說，那麼你是怎麼突圍的呢？」

「我沒有錢給土八路軍，所以我一路鑽狗洞逃出他們的封鎖。」

「哈，你不是眞的鑽狗洞吧？」

「其實我還是好的呢，有人跳牆、跳糞桶、跳水，總之，爲了一條命，什麼花招都有。」

「那麼現在有什麼打算呢？」

「看來上海也保不住了，我想去台灣。」

「但怎麼去？你有船票嗎？」

「沒有，不過我想好了，我可以搭不要船票的船。」

「不要船票的船？」

「就是偷渡呀！就是偷偷的爬上船呀。」

「但他們戒備森嚴，你怎麼能越過他們的封鎖線上船呢？」

「我觀察過好一陣子了，一個船有兩側，他們只戒備靠岸的這一側，另一側就沒有戒備了，我可以游到他們沒有戒備的那一邊，不就成了？」

「但，那一側是黃浦江，江水滔滔，」王進說：「這樣做太危險了，萬一失手，就沒有回頭路了，這不是偷渡，這是亡命！」

「是的，這是亡命，」范文說：「但留在上海又怎樣呢？一定能活命嗎？」

王進無言了。

「依我看，這是唯一的逃生辦法，」范文說：「如果萬一失手，大不了明天黃浦江中又多一條浮屍，現在黃浦江中哪一天沒有浮屍？」

王進想想，也許范文說的是對的，因爲眞的沒有別的路了。

「但黃浦江上有那麼多條的船，你知道哪一條船去台灣嗎？」王進問。

「這……不管了，」范文說：「上了哪條船算哪條，逃命要緊，碰運氣吧……」

王進想想，也許是的，逃亡哪還能挑三挑四的？但是王進最後再想想，還是覺得這條路線太危險，不如陸路逃亡比較安全，因此再與范文商量陸路逃亡的可行性，范文覺得很無奈，可是最後還是纏不過王進，於是還是決定聽王進的，因此王進與范文當即擬定，當夜就付之行動。

夜，月亮如常一樣的升起，也如常一樣的照到他們的頭上。

這是預定出發的時候了，於是兩個人沿著水溝，躡手躡腳的開始行動，王進與范文看見遠處黑影幢幢，王進分不清那些是什麼人，王進想，那些人有可能也是逃亡的人，也有些可能是哨兵。王進搞不清楚那些哨兵是八路軍或者是國軍。

夜，月亮當空，本是詩意的時刻，可是王進心中一點也沒有詩，只有死亡的恐懼。

逃。

逃。

逃。當王進與范文正聚精會神的這麼躡手躡腳走著時，沒料，突然間，在黑暗裏，一隻槍冷冷的指著他們。

「別動！你們是什麼人？」

王進與范文不禁嚇出一身冷汗！

「你們在那裏鬼鬼祟祟的做什麼？」拿著槍的人說。

王進與范文都呆了，他們沒有料到他們那麼神秘的逃亡，還是被逮個正著了。

幸虧還是王進的反應快，王進趕快舉起手說：「兵大爺，別開槍，我們是學生！」

「學生？哪裏來的學生？」兵大爺說。

「北平！」王進說。

「北平來的學生？」兵大爺似信非信。

「兵大爺，我們是好人，」王進說：「你放了我們吧，你守夜辛苦，我這裏有一點茶錢，請你抽根煙吧！」

沒料兵大爺不領情的說：「我看你們倒像國民黨的奸細，跟我走！」

王進與范文都知道，一切都完了，只有跟他走了。

王進與范文在八路軍的槍尖下，來到了一個草寮。

草寮裏什麼燈也沒有，但有一個女八路軍，聽來像幹部什麼的。

「報告！逮到兩個從北平來的大學生！」兵大爺說。

「你們是北平大學生？」女幹部上上下下的打量王進，又再打量范文之後，這才姍姍的說：「說，你們是哪個大學的？」

「北大。」王進與范文一起說。

「你們一個個說話，不准兩個人一起搶著說，」女幹部指著王進說：「你，什麼系？」

「我們兩個都是歷史系。」王進說。

「那麼你們認不認識胡爲來教授？」

「他正是我們的指導教授！」王進說：「不過，兵小姐，妳怎麼知道胡教授？妳也是北大學生嗎？我看妳的樣子、聽妳的口氣，我知道妳也讀書人，妳一定讀過很多書！」

沒料女幹部大吼大叫起來：「不准叫我兵小姐，那是資本主義的殘渣，我是堂堂正正的人民解放軍，我就是來解放你們這些資本主義的殘渣的！」

王進與范文不禁一楞。

女幹部說著說著，停了下來，看樣子像是轉身掏槍，王進一看，糟了，她要開槍殺人了，沒料她轉過身來，又再接下去說，不過這一次的說話聲音倒是比較平和的：「是你問我怎麼知道胡教授嗎？我告訴你好了，我也是北大的，也是歷史系！」

「呀！」王進驚奇的叫了起來：「怎麼那麼巧，我們都是北大的！且都是歷史系！我們應該是同學了！」

王進早就聽說許多北大學生投入共產黨，不過以前只是傳說，沒有人能證實，沒想到那個傳說竟是眞的，不過王進從聲音裏聽不出這個同校同系的同學是誰，也許不同年次吧？

「那妳應該放了我們，」范文說：「妳知道我們不是奸細！」

「你們不要那麼溫情了，」沒料女幹部一臉冰霜的說：「我就是要消滅你們的溫情主義，來人呀，把他們兩個關起來！」

黑暗中，來了兩個人，在他們七手八腳的把他們綑綁時，王進叫了起來：「兵小姐，咱們既然是北大同校同系的同學，煮豆燃豆萁，相煎何太急呢？」

女幹部的眼睛突的瞪得圓起來，狠狠的給王進一個耳光，然後大叫著說：「我早說過不要叫我兵小姐！又是溫情文義！我看你必須再教育教育，把你還有的溫情文義剷光！」女幹部說完了，理也沒再理他們，兩個兵就把他們押進另一個草寮了。

兩個兵走了後，這個草寮裏就沒有人了，也沒有一絲光亮了。

「我們完了！」范文悄悄的說。

「大概是吧！」王進說。

「現在怎麼辦？」

「聽天由命吧！」

正在這時，忽然聽見草寮外有人聲：「妳說妳抓到兩個奸細，是吧？」

王進霍的一驚，這聲音太熟悉太熟悉了！王進趕快對自己說：「哦，不……不……不應該是他！不應該是他！我們不能在這個地方見面！」

但是說話的人已經進來了，而且一個火熠子一閃，一縷強光迅即照到王進的臉上，王進不禁一驚，王進似乎也看到這個手拿火熠的人也是一驚。「是了，果眞是小癩子！是徐國助！」王進想。

王進本想大聲的叫出小癩子的名字，但王進想一想，還是按捺著心裏的驚奇，沒有叫出來。

「擦！」又一根火熠子亮了，火熠子又照在王進的臉上。王進想：似乎徐國助也難於相信他們又見了面，而且是在這個地方，他再次擦亮火熠是爲求證嗎？王進似乎看見徐國助舉起火摺子的手指的顫抖。

火熠子一閃就又逝了，草寮又迅速的黑了起來。

「我問你，你是不是南京派來的奸細？」徐國助問。

王進當然知道徐國助一定認出他來了，但看他那麼煞有介事的問，想到他或者有什麼不得已，王進這才想到，他剛才沒有叫出他的名字來，也許是對的。

「不是！」王進答。

「那麼你怎麼在這裏？」徐國助問。

「我不知道，我是跟著難民走的。」王進說。

「那麼你的家人呢？」

王進知道他的話中有話，因此說：「他們早在一個月前走了，難民太多，我不知道他們去了什麼地方。」

「你的話都是眞的嗎？」

「當然都是眞的！」

「我諒你也不敢說假的，」然後徐國助對女幹部說：「他們不是奸細，看來他們是學生，不過先把他們押起來，等我再詳細審問。」徐國助說完了，也就帶著他那一伙人走了，草寮裏又復剩下他們兩人。

「看來這個人怪怪的，你們認識？」范文問。

「這個你就不要管了，不過我確知我們有救了。」王進說。

「眞的？」范文問。

「當然！」王進說。

徐國助與女幹部走了之後，就沒有人再來了，因此王進與范文變成了等待！長長的等待！

等待！

等待！

忽然，草寮外有了聲音。

王進仔細聽，只有一個人，是一個人的走路聲。

王進再仔細聽，這個走路聲很熟悉，王進想，必是徐國助走路的聲音！

是的！果然是徐國助！徐國助忽然掩入草寮裏。

「對不起，你們受驚了。」徐國助說。

「我就知道你會放我們的！」王進說。

「你怎麼會在這裏？」徐國助說：「老老爺不是去了台灣嗎？你怎麼不跟著一起走？」

「唉，一言難盡！」王進說。

「現在不是說話的時候，」徐國助說：「你們出了草寮之後，右邊有一排水溝，那邊的哨兵我都調走了，你們沿著水溝一直向前走，前面有一條小河，這個小河難不倒你，過了河之後，那邊就不是我們的勢力範圍了，你們就安全了。」

「那你不是叫我們重回上海嗎？」王進說。

「是的，」徐國助說：「在這個地方，我們共有三層大軍，全部約有二十萬人，現在你連我把守的這一層也走不過去，你還想通過另外那兩層大軍嗎？所以你只有回頭的一條路可走。」

「好的，謝謝你，」王進說：「我可以重回上海，但你得跟我走，我可從來都沒有想到過你會是共產黨。」

「這是我的事，你管不著！」徐國助說。

「但你是我的兄弟呀！」王進說：「我一直把你當兄弟看待！」

「是的，我也把你當兄弟，且是最値得尊敬的兄弟，我們永遠都是兄弟，並且永遠都是很好的兄弟！」徐國助說：「但我們每個人報國的方法不同，我有我的，你有你的，我不勉強你的，你也別勉強我的，不過現在不是談這個的時候，事不宜遲，你們快走吧！等一下就不一定還有機會了！」

「老老爺早就知道你是共產黨了，只是他不忍告發你！」王進說著，王進忽然狠狠的一拳向徐國助揮去。

王進的這一拳很重很重，一拳就把徐國助打倒在地上，然後王進才對倒在地上的徐國助說：「我這一拳不是打你，是打醒你，你想想看，做共產黨有什麼好？你看見沒有？中國遍地餓殍、遍地死屍，這都是什麼人造成的？」

沒料徐國助一點都沒有埋怨，反而說：「你打好了，假如你覺得你打我會快樂的話，你就打我好了，但你逃走的時機眞的不能浪費呀！」

「我打你是爲你做共產黨，」王進說：「假如你不服氣，你可以還手呀！」

沒料徐國助還是倒在地上，徐國助說：「你是我的兄弟，我早就說過了，我不會打你，就是你打我也是一樣，因此不論怎樣，誰是誰非，我都不會還手，不過你們逃走的時機眞的非常有限，你們還是聽我的話快走吧！」

王進看見徐國助倒在地上的樣子，不禁有點難過，王進想，不論他再怎麼生氣，他也不應該揮拳那麼重，因此他又俯身把他拉起來，並且對徐國助說：「起來吧，我不該打你那麼重，我只是生氣，你怎麼把什麼事都瞞著我？告訴我，你在蘭州時是不是已經是共產黨了？」

「是！」徐國助堅決的承認，但接著又說：「你們眞的要走了，不然就遲了！」

「你跟我一起走吧，」王進再一次的懇求說：「現在還來得及，回頭是岸！」

沒料徐國助勃然大怒的說：「你們走吧！你們再不走，我就叫人來抓你們了！你認識的小癩子已經死了！從現在起，你看到的是共產黨的徐國助！是殺人放火的徐國助！你們走吧，就算這是小癩子最後一次求你吧！」

「那麼我們將來見面怎麼辦？是敵是友？」王進說。

「將來見面？」徐國助說：「將來我們最好不再見面！」

「如果非見面不可呢？」

「那麼，記著，我是徐國助，你是王進，我們各爲各人的中國！」

王進知道，如果他再說下去，也沒有用了。

重回上海

王進與范文重新回到上海，而此時的上海，似乎更亂了，難民也更多了，包圍上海的槍聲，似也更近了，他們知道共產黨更進一步的向上海逼近。

現在，王進與范文都知道，他們求生的路，只有一條了，那就是黃浦江上停泊的那些外籍輪船。

王進與范文都覺得事不宜遲，當即打定主意，當夜就行動。

王進與范文把身上所有的錢，統統買了吃的喝的，但在這樣的時局下，錢根本不等於錢，因此能買到的東西還是少之又少。

王進與范文一邊大吃這最後的酒肉，一邊看著烽火，一邊面對著西下的太陽，王進在心裏想：「這是我最後的一個夕陽嗎？」因此把酒一乾而盡。

月上柳梢了，可是王進一點也沒有詩意，他與范文互打一個眼色，撲通撲通兩聲，先後跳進江裏。

江水湍急，他們誰也無法照顧誰，王進只有奮力的向一艘大船游去，不管它是哪艘大船。

游！

游！

游！

游！王進終於游近一艘大船了，於是狠狠的抓住它的錨鍊，然後再努力的向上攀。王進攀了一陣，知道自身暫時安全了，因此再回頭看看，卻不見了范文的影子。

王進想：「范文究竟抓到大船了沒有？或者明天的黃浦江上又多了一條浮屍？」不過這一會兒王進不能想那麼多了，他首要之務是爬到甲板上，否則自身的安全還是不保！

爬！

爬！

爬！

爬！終於，王進爬上甲板了，但整個人已累成泥人兒，整個人只好趴在甲板上喘息，動彈不得。

就在王進動彈不得時，忽然一個人的大腳出現在王進的眼前：「Who are you（你是誰）？」一個外國聲音！一個外國人！

王進用盡全身的力氣大叫：「Student（學生）！Refugee（難民）！」

美國

「哈囉！哈囉！」王進在電話裏大叫。

「誰？怎麼那樣早就打電話？」

「爹，是我呀！」

王進的爹吃了一驚：「怎麼是你？你在哪兒？」

「我在美國紐約移民局呀，我是偷渡來的。」王進說。

「你不是去了台灣嗎？奶奶和老老爺呢？你怎麼扔下他們？」爹沒有一句問

候，反是一連責備。直到最後，這才半明半懂的說：「你不要走，我這就保你出來！」

爹的話叫王進無法答覆，因爲王進不知道究竟是誰扔下誰，倒是爹眞的很快的很快的就把王進保出來了。

上海已經失守了，新中國已經正式成立了，這些王進在船上就已經聽船上的人告訴他了，所以當爹再告訴他的時候，他已不覺得那是什麼大新聞了，王進想，或者中國的命運就此已經決定了，只是當王進面對著爹時，卻不知道自己的命運。

「現在你打算怎樣？」爹說。

「我想去台灣，那兒奶奶和老老爺都要我照顧。」王進說。

「不行，你既然來了美國，你就留下！」爹厲聲的說。

王進知道，他已沒有選擇了。爹總是絕對的對的。

「好吧，那麼我不讀歷史了，讀歷史一點也沒用，我想讀政治！」王進無奈的說。

「什麼？政治？」沒料爹大呼起來：「中國的政治還不夠亂嗎？你爲什麼也要

在這亂局中插一腳呢？什麼？你要救人？你看看中國的政治家哪一個是救人的？他們不忙著殺人就已經不錯了，你若眞想救人，不如跟我學，學醫！醫生救不了所有的人，但能救人卻是眞的，救一個就算一個，總比你學殺人的政治好多了！我行醫以來，最少救過幾千條人命了，爲什麼不學我？好，就這麼決定了，你去學醫！」

王進到了美國的消息，由爹的口，很快的，一傳十，十傳百，爹的朋友都知道王進到了美國了。

爹的這些朋友，都是很有身分的中國人與美國人，他們都要見一見王進，看看王進的長相，順便也聽聽王進的故事，王進想，這都是他們的好意，也是人之常情，因此王進無法拒絕，但他們對王進的逃亡故事，若不是完全不相信，就是把王進的故事視爲天方夜譚。王進想：畢竟美國距中國太遙遠了，美國的中國人，大魚大肉吃不完，誰會相信中國還有人吃人的事？至於那些美國人，當然更把他的故事當做神話了。

「賢侄，」一個爹的朋友說：「來，來，我們不談中國，今晚我替你洗塵。」

今天這個長輩替王進洗塵，明天那個長輩替王進洗塵，在禮貌上，王進不去也不行，可是眞要去，王進還眞的是不願意。中國的烽火，千萬人的生死，這些還深深的印在王進的腦袋裏時，王進眞的不知道怎麼應付這些長者的邀宴，而這些長者無一願知道那些烽火。「他們是給我面子，」爹說：「你就去吧！」

王進無計，於是今天赴宴、明天赴宴、天天赴宴。爹的朋友也眞的夠多了！現在，王進又走進一家豪華的中國大飯店。

今天的情形與昨天差不多，還是有很多長輩在座，不過今天所不同的是，也有幾位年輕漂亮的小姐。

「來，賢侄，試試這個！」一位長輩替王進夾了一大塊肉。

「來，賢侄，試試這個！」一個長輩替王進夾了一大塊魚。

王進的碗裏都堆滿魚肉了，還是有長輩不斷的替王進向上堆，王進眞擔心那個肉山肉海垮下來。

王進知道這是長輩們的好意，所以悶頭吃著，不敢也不想說話。眞的，王進能說什麼好呢？坐在這裏的中國人，除他以外，怎能想像上海那麼一個大都市，千萬難民中，三個月中沒有嚐過一片肉的人大有人在呢？這眞的是天方夜譚，中國的天方夜譚！

王進正那麼想著時，忽然桌子上的人拍起手來，王進一看，原來是一盤紅燒油豆腐。

「來，賢侄試試這個！」又一個長輩夾了一塊油豆腐塞到王進的碗裏。

「謝謝！」王進說。王進的肚子早已飽了，實在有點吃不下去了，因此只好望著碗中的油豆腐。

「吃呀，試試油豆腐的滋味如何。」長輩說。

王進只好在長輩的眼睛注視下把油豆腐吃下去。

「滋味如何？」長輩趕緊問。

王進只好禮貌的說：「嗯，不錯！」

「賢侄，你剛到美國，你可能有所不知，」長輩說：「我特別介紹這道菜給你，因爲這道菜很特別，賢侄大概還不知道美國沒有油豆腐吧？因此如果我們想吃這道菜，不是有錢就一定能吃到的，一定要等機會。」

「等什麼機會？」王進奇怪的問。

「等香港的船呀！」長輩說。

「香港的船與油豆腐有什麼關係？」王進更不解了。

「賢侄可能還不知道，只有當香港的船來的時候，香港水手才能偷偷的帶一點油豆腐上岸，他們把走私進來的油豆腐賣給飯店，那時我們才能有油豆腐吃。」

「呀，老伯如此說來，這一盤油豆腐豈不是價值連城了？」王進問。

「沒辦法，想吃點眞正的家鄉口味，也只有如此了。」長輩說。

王進忽然覺得自己再也吃不下去了，原來這些人只想吃家鄉的東西，只想挖空了心思去吃家鄉的東西，但卻一點也不願聽家鄉的事，一點也不關心家鄉的人，更一點也不要知道家鄉的現狀！

「賢侄，再來一塊油豆腐，這可是千金難求呀！」長輩又說話了。

王進聽著聽著，眼淚禁不住的要流下來了，那個中國，那個他拚著一條命逃亡的中國，也是千金難求的一塊油豆腐啊，但他們不是爲了享受，是爲了活命！

王進爲了阻止自己的眼淚，禮貌的微笑起身，就好像要去化妝間一樣。

「哈，我說吧，油豆腐的滋味感動他了！」王進聽見長輩對臨座的人說。

王進不想辯解，也不知怎麼辯解，他仍繼續走他的路，可是王進聽見他的後面有一個人的腳步聲，這個腳步顯然是為了趕上他，因此他停了腳步。

「你不要緊吧？」趕上他的人對王進說，原來說話的是一個很漂亮的女人。她剛才就坐在他對面，王進想，大概是她看見他就要掉下來的眼淚了吧？

「哦……哦，我不要緊，」王進說：「對不起，我一時想起什麼，就失態了，我經常是如此的，我沒有嚇著妳吧？」

「沒有！沒有！我只是問問要不要我幫忙？」她忽的伸出手來：「我叫謝玲玲。」

王進呆了。王進從沒有握過女人的手，但只是一刹那的猶疑，王進還是握著她的手：「我叫王進，我想妳或者已知道我的故事了。」

「你剛來美國？」謝玲玲問。

「是的，我剛從中國來。妳呢？」王進說。

「我是在美國長大的。」謝玲玲說：「我聽王叔叔說，你想留在美國讀書。」

「我爹是那麼說的。」王進說。

「好呀，我也剛入學，我可以幫你選學校。」

「謝謝妳。」

「別那麼快就說謝謝，」謝玲玲說：「你準備讀什麼系？」

「以前讀歷史，」王進說：「但我現在覺得讀歷史對中國一點也沒有用，因此我想讀政治，因爲中國不缺少歷史家，卻缺少政治家，中國人互相打來打去，這是中國人缺少政治家主要的原因，可是我爹說我不是那個料，要我跟他一樣學醫，我想學醫就學醫吧，醫生雖不能救每一個中國人，但只要能救一個中國人，也比什麼都沒做好，但我眞正喜歡的還是政治。」

「好！我明天就帶你去醫學系！」

「那就謝謝謝小姐了。」

謝小姐嫣然一笑：「你一連說了三個謝字！」

王進也笑了。

可是當王進正與謝玲玲說話時，不料給一位長輩瞧見了，這個長輩說：「哈，賢侄，你已經有女朋友了，那麼快！」

王進想分辯什麼，可是這個長輩馬上對另一個長輩說：「王賢侄已經趕上美國的腳步了，王賢侄交女朋友的速度，已經是美國人了……」

王進聽了，不禁一陣臉紅，想解釋也解釋不清楚了。

王進入了學，重又回到學生時代，重過上課、下課、放學、回宿舍的生活，日子就是如此沉悶與單調，甚至還很煩，但王進沒有怨尤，因爲這是自己選的，不過孤獨感有時還是有的，尤其是今天更是如此，因爲今天王進在學校的圖書館裏看見大陸那邊的報紙上大大的寫著「血洗台灣」幾個大字，心裏的不舒服就自然更多了。王進想：「血洗台灣?誰來血洗台灣?毛澤東嗎？毛澤東已經血洗中國大陸了，還不夠嗎？他怎麼不說重建中國啊!中國不需要血洗中國的人才，要的是會建設的！」……反正王進的心亂了，現在王進不知道怎麼辦才好……

「叭叭……」忽然，汽車喇叭響了。

王進知道這是誰的汽車喇叭響，王進一回頭，果然看見謝小姐。

「我爸爸今晚請你吃飯。」謝玲玲說。

「是妳請還是妳爹請?」王進問。

「不都是一樣嗎?」謝玲玲說:「反正飯店是我家開的!」

「先謝謝妳,今晚無暇。」王進說。

「爲什麼?不是昨天明明說好的嗎?」謝玲玲說。

「改日不可以嗎?」王進說。

「哇,你欺負我!」謝玲玲說:「我以後不理你了,我告我爹去!」謝小姐說著時,就眞的很生氣的走了。

王進以爲謝玲玲不會再來了,可是第二天,謝玲玲又出現在圖書館的門前。

「今天總成了吧?」謝玲玲說。

王進覺得謝玲玲像橡皮糖,她黏上他了。

「其實謝玲玲這個人是很不錯的,」入夜了,爹在燈下說:「她漂亮、活潑、聰明,一個女人該有的她都有了,她爸爸說過了,將來你與玲玲結婚的時候,他送你一個診所。」

「爹，你連這個也替我安排好了？」王進非常嚴肅的說。

「我是爲你好！」爹說。

王進對爹的反感，越來越嚴重了，只是王進無力反抗。

王進對謝玲玲的反感，也是越來越嚴重了，王進也是無力反抗，王進只有不理她，可是她卻像膠一樣，一旦黏上，怎麼甩也甩不掉，王進爲了逃避她，好在學校裏的社團不少，王進一下子參加了許多社團，以社團活動爲名，他就可以理直氣壯的推掉謝玲玲的許多糾纏了，可是這又氣得謝玲玲大叫小跳，甚至向王進的爹表示不滿。

不過謝玲玲跳過了、叫過了，還是不死心，又在圖書館外面向他撳喇叭了，王進拿她一點辦法也沒有。

學校裏有台灣來的中國人、日本人、大陸來的中國人、韓國人、全世界人，這些人都有各自的社團，單是中國人的社團，就有台灣社團、香港社團、華人社團、大陸社團、亞洲社團……林林總總的社團不下二、三十個之多。這些中國人的社團，不分海峽的哪一岸，雖然所有的中國人都標榜自己是龍的傳人，但卻各有不同的政治立場，因此不但不能合作，有時還有狠鬥，王進似乎覺得中國人在中國人的地盤裏狠鬥尚意猶未盡，現在又延伸到海外狠鬥了。

在中國人的政治立場中，主要是擁台灣的與擁大陸的共兩派。這兩派互相仇視，互相鬥爭，互相比鋒頭，雖然還沒有到血淋淋的戰爭的地步，但全都豁足了全力，看誰的鋒頭大，看誰能占到上風。

王進對這樣的比鬥，覺得毫無意思，但也當然不能免的選擇了自己的地盤。

王進當然毫不遲疑的選擇擁台灣的社團。

每逢台灣重大節日，這些社團爲增加自己的力量，也爲擴大自己的聲勢，常與其他學校同一政治立場的社團串聯，因此時有各校代表齊集一地的機會，大家共同策劃擴大慶祝計畫。

王進爲了逃避謝玲玲的糾纏，對參加這種集會，當然表現得很積極，不久王進就因參加社團活動很熱心而當上各校社團聯誼會的副理事長。可是也活該有事，就在這時，美國突然宣佈，準備把中國的釣魚台列島交給日本！

把中國的釣魚台列島交給日本，這是中國人能忍與不能忍的事嗎？於是不論海峽的哪一岸，幾乎所有的中國人都起而向美國政府抗議。但是，海峽兩邊雖都是敵愾同仇，這些社團的立場卻不一定相同，同是中國人，卻各做各的。

王進覺得這不是好現象，釣魚台列島既是中國人的，兩岸的中國人就應該不分此岸彼岸，彼此步伐一致對外，才能給美國政府最大的壓力，因此爲了合作，王進代表自己學校的社團到另一個立場相同的大學社團開會，王進希望先團結這些社團，再研究怎麼辦一個轟轟動動的抗議大會，但王進一走進會場，馬上就呆了，王進竟一眼看到范文！

「范文！」王進大叫。

「啊，你也來了！」范文也驚奇的看見了他。

這，還有什麼好說的？兩人緊緊的摟抱，再摟抱，再再摟抱，好像王進與范文在中國所遭到的一切遭遇，苦、險、理想、願望、挫折，那些別人不知的、也無從瞭解的，都在這緊緊摟抱中奔騰的抒發出來了。

原來范文與王進分別跳入黃浦江後，范文未能攀上與他最近的一艘船，卻被江流沖到最遠的那艘船上，他竟隨船到了香港，但在香港也站不住腳，只好再從香港偷渡來到美國。

「看，我繞了世界大半圈！」范文說。

「但你最終還是到岸了！」王進說。王進不禁想起那些烽火中的日子、烽火中的人，以及烽火中的中國，王進想，現在在美國的中國人，不論是上一代、或者是下一代，已經沒有人能瞭解他與范文在中國的遭遇了。王進不禁又想：「在經歷了那麼多苦難與危險後，這真是這個時代中我們所能創造的最動人最悲喜的重逢了！」

王進走進醫院，說真的，他還眞有點怕怕的，因爲這是他第一次的醫療實習。實習與做學生不同，實習是要自己眞的動手的，所以王進有點怕怕。其實王進一直很努力的學習，成績也一直不錯，不過第一天眞刀實槍的上床臨診，還是怕怕。

這個實習，從早到晚，王進雖然覺得自己做的不錯，可是一天實習下來，也蠻累的，因此王進在走出醫院的時候，就有點累的東倒西歪了，但王進還只是剛剛走出醫院的大門，他的眼睛忽然一亮，因爲他竟看見一個非常像薇薇的人！——黃河上的那對雙胞胎姊妹中的妹妹——薇薇！——王進再看，是的，就是她！王進一點也沒有看錯！

「薇薇！」王進大叫。

薇薇回頭，果然是她！

薇薇也看見王進了，自也是大吃一驚。

「妳來這裏幹什麼？」王進問。

「我是這個醫院裏的護士，你又來這裏幹什麼？」薇薇問。

「季季呢？」

「她在台灣。」

「她怎麼不來美國？」

「你一直掛著她呀？」薇薇說：「那麼你就應該回台灣看看她！」

王進還想再說什麼，突然，耳朵裏傳來一陣「叭叭！」的汽車喇叭聲，王進覺得這聲音很刺耳很刺耳。王進知道這是謝玲玲的汽車喇叭聲。

「對不起，留下妳的電話，我們下次再聊。」王進說。王進捨下薇薇，就奔向謝玲玲。

薇薇遠遠的目注著他們。

王進上了謝玲玲的汽車，沒料謝玲玲氣鼓鼓的問：「她是誰？」

「她是這個醫院裏的護士。」王進說。

「你第一天實習，醫術還沒有學會，就先認識護士了？」謝玲玲酸溜溜的說。

「妳比我爹管的還多，」王進不耐煩的說：「我與她從小學起就認識了，只不過今天重逢罷了，小姐，如果妳吃醋了，我就下車，這是我與她的事，是妳開車呢還是我下車？」

謝玲玲很不高興的故意把汽車衝出去。

「喂，開慢點！開慢點！」王進說：「妳能不能開慢點？我會暈！我怕快車！」

王進知道，每當謝玲玲心裏不高興的時候，她就把汽車開得飛快，像她要與地球俱毀似的，但這一次王進卻不知道她爲什麼不高興，只因他與薇薇說了幾句話？

「喂，聾子，你聽到我爸爸說的話沒有？」突然，謝玲玲一邊開著快車一邊說。

「妳爹說了什麼？」王進說。

「我爸爸說，你就要畢業了，我爸爸送你診所的事。」

「可是現在我還沒有畢業呀！」

「什麼？」沒料「嘶……」的長長的一聲，謝玲玲突然把汽車緊急煞住了。

王進看得出來，這一次，顯然是王進答得不順謝玲玲的心意了，但王進想著薇薇那一對雙胞胎姊妹，心裏也不怎麼順心，因此沒有好氣的說：「怎麼？妳今天的情緒完全不對，妳今天不應該開車，現在妳是不是瘋狂了？」王進準備下車。

「我爸爸的話，你怎樣才能聽進去？」沒料謝玲玲說。

「叫你爹把診所送給別人吧，這份大禮，對我太大了！」王進說。王進在說著時，已經自己下車了。

正在這時，一個警察向他們走過來：「先生，你亂停車……」

「汽車是她的，」王進手指著謝玲玲說：「汽車也是她駕駛的，也是她違規停車，你把罰單開給她，與我無關。」王進說完了，也就獨自走了。

「你……！」謝玲玲幾乎氣得快要跳起來。

王進想，經過這一次不愉快的事情之後，謝玲玲應該眞的生氣了，大概不會再來找他了吧？但是第二天一大早，王進揭開窗簾時，又看見謝玲玲的汽車停在他的門外。

「怎麼又是妳？妳不是生氣了嗎？」王進說。

「昨天是我不對，我現在是來道歉的，對不起！」謝玲玲說。

「應該道歉的是我，」王進說：「我不應該把妳扔在半路上！」

「昨天我打聽過了，那個護士薇薇就要結婚了，新郎不是你！」謝玲玲說。

「哦，原來妳爲了這個？」王進說：「妳請私家偵探調查薇薇？」

「這倒不必，我爸爸跟醫院很熟，一個電話就知道了。」謝玲玲說。

「但妳這麼做，我很不高興，因爲妳不信任我。」王進說。

沒料謝玲玲忽的給王進一個熱吻：「現在，我這麼道歉，你總滿意了吧？」

薇薇的婚禮，隆重又熱鬧，大概全城的老中來了半城，不過薇薇婚禮的日子距離釣魚台列島示威的日子越來越近，幾乎所有的老中都被釣魚台列島示威激昂的情緒籠罩，因此薇薇隆重的婚禮好像失色很多，甚至連新郎新娘都高叫：「保衛我們的釣魚台列島！」這眞是別緻的婚禮。

王進藉著這個婚禮，好像重溫國難的日子了，王進看見群情激昂、熱血沸騰，只爲我們的國家！王進不禁想：中國人還是不冷漠的，只要我們中國人的熱血仍在熱，中國就還有救！

當新郎新娘逐桌敬酒時，輪到王進了，薇薇對王進說：「你也許該回台灣看看她了，否則你會後悔的。」

王進知道薇薇的意思，王進知道薇薇說的是誰，只是王進沒有答腔，只見王進把整杯酒一飲而盡。

釣魚台列島示威的日子終於到了，示威的人一大早就從美國各地趕來。美國的中國人，人數相當龐大，也相當複雜，有來自大陸的，有來自台灣的，還有來自香港、南洋、日本、韓國等地的。這些中國人因各自的出身背景不同，所以身上的文化也不一定相同，因此思想也可能有異，但對釣魚台列島的認識，都是一樣的，都認爲是中國人的，因此這是一次釣魚台列島大示威，是中國人不分地區、不分思想的大結合，是一次眞正中國人的大結合。

不過還是有些好事之徒，把它視爲一次向心力的大結合，這向心力，是心向大陸呢或心向台灣呢的民心比賽，看向哪一邊的人多。

王進很高興的看到，幾乎所有參加釣魚台列島示威的老中，都是人手一支中華民國的國旗。王進看到人海已不是人海，而是旗海——中華民國旗海！

正式示威的時間終於到了，只要總指揮一聲令下，范文秘密而又辛苦準備的巨大標誌，就要揭開來了，王進得意的想：那麼這不更加是一片中華民國旗海嗎？但……但……當范文秘密準備的巨大標誌揭開來時，王進立刻傻眼了，因爲揭開來的巨大標語竟是中華人民共和國萬歲！

所有參加的人也全都傻了！因爲保衛釣魚台列島示威，竟變成了擁護中華人民共和國示威！示威的性質變了！參加示威的人馬上知道受騙了！

這些受騙的人，當然情不甘，心不願，因此馬上叫罵，受騙的人馬上亂鑽、受騙的人馬上脫隊、受騙的人馬上互相衝突，結果是，旗幟洩了一地，旗海不再是旗海了，而是末世紀提前來了。

整個示威完全變質了！也完全弄擰參加人的心意了！完全不是示威人的原意了！可是原有組織的示威，此時此刻再也無人能主導這一次本應是很有秩序的示威活動了！

在這樣的混亂中，王進很想找范文理論，王進想知道范文爲什麼陣前易幟，這害得王進無地自容，但王進只見滾滾人頭，沒有一個人頭是他的！

整天、整天，王進都在非常傷心、非常氣憤的尋找范文，王進不知道他爲什麼出賣那麼多中國人的熱情！他的目的何在？他爲什麼背叛那麼多信任他的朋友？他爲什麼……？王進不禁想起他與他在上海那最後的幾個逃亡的日子，他是怎麼慷慨激昂的？他是懷抱怎麼遠大抱負的？……但是……但是……這一切，今天全變質了！

夜半，王進還是無法成眠，王進想著這混亂的一日，王進就感到心疚與心痛，因爲當初決定重用范文還是王進推薦的，因此王進有很大的責任，王進必須對這一次完全變質的示威負責，但是王進所有尋找范文的舉動都失敗了，因爲范文像突然從地球上消失似的！

夜半，鈴鈴鈴鈴……電話！

鈴鈴鈴鈴……電話！

王進想，這些電話或者又是醫院打來的急診，因此不想聽，現在王進覺得自己也像病人，而且病得很重。王進眞的不瞭解范文，他怎麼會背叛他一直堅決追求的理想呢？他冒那麼大的險才離開他一直反對的共產黨，現在他怎麼反投身投靠一個他一直反對的主義呢？王進更不明白的是，假如早知是如此，那麼范文又何必冒著生命之險去偷渡呢？范文究竟是爲了什麼啊？是范文病了還是這個時代病了？

鈴鈴鈴鈴……電話又響了。

王進想，假如眞的是醫院打來的急診電話的話，也許有一個生命就繫在這個電話上，那麼他不接就很不應該了，於是終於還是拿起電話。

「喂！」王進說。

「我是范文！」沒待王進再說什麼，電話那頭就迫不及待的馬上回答，好像很緊張的樣子。

「范文！我找你一天了！」王進說。

「我知道，」范文說：「不過你不要再找我了，你以後再也見不到我了，你就當我死了吧。」

「爲什麼？」王進問。

「我做了很對不起你的事。」

「我正想問你今天發生的事。」

「其實也沒什麼，你們太相信人了，你疏忽了敵人的統戰。」

「什麼？」王進說。王進似乎有聽沒有懂。

「統戰是無孔不入的，你卻一點也沒有戒備。」范文說。

「你什麼時候倒到那邊去的？」王進問。

「已經有些年了。」

「你爲什麼倒戈？你忘了你是鑽狗洞逃出北平的嗎？你忘了我們當年怎麼從上海逃出來的嗎？你忘了……」王進不禁越說越多，畢竟上海的逃亡，還深深的烙在王進心版上，王進是永遠也不會忘掉的。

但，王進似乎發現，范文一直沒有答腔。

「范文，你還在聽嗎？」王進問。

「還在。」范文說。

「那麼你怎麼不說話？」

「我還能說什麼呢？」范文說：「就朋友來說，我欺騙了你，就同胞來說，我欺騙了同胞，因此我無話可說。」

「但你總要說話呀，」王進說：「現在你告訴我，你闖出來的這個禍，怎麼收拾？」

「你不要替我負責，」范文說：「他們要罵人，你叫他們罵我好了。」

「但未來怎麼辦？」

「我已沒有未來了，」范文說：「不過你有你的選擇，我有我的選擇，我們人各有志，我們應該彼此尊重彼此的選擇。」

「那麼你當年爲什麼逃出北平呢？你又爲什麼冒險逃出上海呢？」王進說：

「這，你又所爲何來？」

「人是會變的，」范文說：「當年或是因爲年輕，或是近年的發展使我改變了，我范文可沒有說我過去的選擇是一定對的。」

「那麼你今天的選擇一定是對的嗎？」

「我不知道，我沒有想那麼多。」

「但你臨陣背叛，害得你的許多朋友無法做人。」

「我知道，」范文說：「我可以再說一遍、十遍，甚至一千遍，我對不起你們，但政治就是這樣的，利益第一，良心排在最後。」

「你可知道，現在不光是有人恨你，還有人想殺你洩憤呢！」

「由他們吧，不過他們不會再見到我了。」

「那麼你現在在哪裏？你安全嗎？」

「你果然是朋友！」范文說：「我害你無法做人，但你還關心我的安全，不過請你放心好了，我現在在一個秘密的地方，我很安全。」

「究竟什麼秘密的地方啊！」

「我無法詳細說明，我只能簡單告訴你，我現在身在船上。」

「啊，你要去哪裏？」

「世界之大，總有我范文容身之地吧？」范文說：「我現在要去的就是一個我能實現理想的地方，總之今天一別，人海茫茫，我們再見也許無期，也許有期，今天海峽局勢詭異更甚於往日，將來我們若是有見面的機會，是敵是友還不知道，但不管怎樣，你仍是我曾患難的朋友，你也仍是我最敬重的人，只要我范文還有一條命在，我今日欠你的，我一定會加倍奉還。」

「范文，回頭是岸，現在還來得及！」王進說。

「卡！」電話掛斷了。

王進想，這一次范文眞的走了，他可能再也不會現身了，但王進經過這一次打擊之後，心力交瘁，不想也不願再參與一切活動了，因此謝絕了一切活動，這包括社團活動，也包括與謝玲玲的約會，現在王進唯一的事只專心埋頭在醫院與書堆裏，但王進所讀的書不是醫學，而是政治。王進仍覺得只有政治才能救中國，也只有政治才能救中國人。

剎那間，老中圈子中少了兩個活躍的人，一個是范文，一個是王進。

王進每天都詳讀報紙上的政治變化，特別是海峽兩岸的政治變化，但這些若不是窮叫嚷的政治口號，就是八股式的官樣文章，王進不禁悴傷起來，中國的政治家們怎麼光這麼做呢？難道他們看不見象牙塔外芸芸眾生的痛苦嗎？

這天下午，王進又拖著疲倦的身體步出醫院，也許活該有事，沒料剛踏出院門，一抬眼，看見謝伯伯正從外面進來。

「謝伯伯，您好！看您氣色不錯，您不是來看病吧？」王進說。

「我是來探病，探一個朋友的病，」謝伯伯說，但說著說著話鋒一轉：「賢侄，你好像很久沒來我的飯店了，是不是？」

「最近我忙了一點。」王進只好敷衍的說。

「你不是跟我那個不懂事的寶貝女兒嘔氣吧？」

「不是。」

「那就好，」謝伯伯說：「今天晚上，我叫大師傅燒幾個你特別喜歡的菜，你來陪陪我吧。」

「今天？今天晚上我有事。」王進說。

「怎麼了？連我的面子都請不動你了？」謝伯伯生氣起來。

「不是不是，我明天有一個考試，不過謝伯伯叫我到，那就……」王進沒辦法，只有改口答應了。

「那就對了，」謝伯伯說：「其實不是我請你的，是我代我那個寶貝女兒請你。」

入夜之後，王進衣著簡便的按時赴約，沒料已有許多來賓先他而到了。王進原來的想法是，這是一個家宴，因此衣著簡便一點沒有關係，沒料這竟是一個很大很大的盛會，王進不禁爲他穿錯了衣服尷尬，但王進也不禁奇怪，謝伯伯不聲不響的搞這麼大的一個盛宴幹什麼？而且，更奇怪的是，在這麼熱鬧的場合中，卻獨獨不見謝玲玲。

王進正在詫異謝玲玲怎會不在場？她沒有理由不來的呀，王進想，一來謝玲玲一直喜歡這種盛大的場合，再來謝伯伯明明對他說，他是代謝玲玲約他的，那麼謝玲玲應該是今夜的主角才對，那麼主角怎麼不在呢？

但也就在王進詫異時，謝玲玲突然出現了。

謝玲玲今夜穿了一件很有古典味的旗袍，這更顯出中國女性成熟的美與嫻雅，也把謝玲玲的腰身襯托得更美。王進想，今夜不知謝玲玲又搞什麼，她雖愛美，可是那麼刻意打扮自己，也是少有的。

謝玲玲姍姍出現後，謝伯伯也在這時向大家宣佈，今天是謝玲玲二十二歲生日，今夜的宴會是爲謝玲玲舉辦的。

大家立刻都把眼睛集中在美麗的謝玲玲的身上，稱讚聲也此起彼落，但是王進不能也無法把眼睛集中在謝玲玲的身上，因爲王進在赴這個宴會之前，剛剛收到老老爺從台灣打來的緊急電話，老老爺已經八十二歲了，王進知道這通緊急電話是什麼意思。

「爹，老老爺病了，怎麼辦？」王進打電話給爹。

「你趕快回台灣！」爹在電話那頭說。

「那麼你呢？」王進問。

「你已長大了，你已是名醫了，有你一個人回去就夠了！」爹說。

王進不瞭解爹爲什麼對家那麼冷漠無情，八年抗戰、六年內戰、幾次逃亡、幾十次搬家，這些爹都不在場，難道這一次爹又缺席？

王進想著這一切，就把爹恨得牙癢癢的，因此對謝玲玲的生日大宴也就像沒有看見似的，只是一個人呆呆的坐著，想著爹的一切，所以謝玲玲的美打不動他的心了。

日本

王進足足花了二十四個小時才由紐約到了洛杉磯，又由洛杉磯到了夏威夷，再由夏威夷換機到了日本，王進本想一口氣直下台北，但沒有班機了，王進必須等明天的第一班飛機。

說眞的，王進並不喜歡日本，也不喜歡日本人，中國八年抗戰的景象，日本人在中國的所做所爲，王進都是親睹，因此這種痛苦仍在心中，不過王進認爲，假如日本人眞的是有種的大和民族的話，日本人也應該知道自己錯了，因爲東京大轟炸、原子彈，這些都能叫日本人反省，特別是日本無條件投降後，中國人給日本人的寬大投降條件，日本人更應該感激涕零，王進很難想像，受日本最大傷害的中國，竟在戰後不要日本一塊土地，也不要日本賠償一分錢，中國人這樣的以德報怨，環顧全世界，哪一個國家做得到？就算是日本人，日本人能有這種胸襟嗎？那麼有良心的日本人怎能不對中國人的寬大感激涕零呢？但是這些年來，王進從報紙上看到的、從收音機裏聽到的新聞，無一不叫王進大失所望，日本人非但從根本上不承認曾侵略中國的事實，也不承認南京大屠殺，他們反說他們只是應中國人的要求而「進出中國」，發動侵略中國的日本戰犯，在戰後判罪的判罪，絞首的絞首，但結果，日本人還是不承認他們的犯行，反把這些戰犯當神一樣的膜拜，可是他們反責怪美國人向他們投擲原子彈。

日本人不反求諸己，只靠經濟、靠美國的核子保護傘過日子，然後把頭埋在泥土裏，把浩瀚的歷史視如廢物，或者把歷史倒過來讀。王進真的不喜歡這樣的日本人！

就在王進到達日本的那天，日本報紙上斗大的字，日本人又在祭拜靖國神社裏的戰犯了！王進不禁又再難過起來：這就是中國人所說的「以德報怨」嗎？王進覺得自己是在日本飛機轟炸下長大的，應該代表那些未被日本飛機炸死的、以及死在毒氣與日本刺刀下的千萬中國人說公道話！但是王進的話誰來聽呢？日本人連歷史都不看啊！

王進決定過門不入。王進相信，別看今日日本風風光光，可是一個把歷史顛倒的國家，遲早是淪入歷史末流的！

台北

台灣，一個王進既陌生又不陌生的地方。

陌生，因爲這是王進第一次踩上台灣的土地；不陌生，因爲王進從家人、報紙以及其其他他看到的與聽到的，已經太多太多了，所以王進雖是第一次踏上台灣土地，立刻就有一種歸屬感，這是王進在美國一直沒有的。但是王進還是來的太遲了，目睹中國混亂半世紀的老老爺，還是先一步走了，王進只能把老老爺安葬於靈隱寺。

日本打爛了中國土地，國共相爭打爛了中國人的意志，爹對家的無情無義，打爛了王進的家。王進想，此時此刻，以他個人微小之力，實在還不能爲中國人做些什麼，但王進決心要一個舒服的家，而美國不能給他這個舒適感，因此決心不回美國了。王進鼓起從來沒有的勇氣對爹說，他有責任留在台灣照顧年邁的奶奶。王進覺得奶奶現在已失去了中國、失去了家鄉、失去了丈夫、失去了兒子，王進不能再叫奶奶失去孫子了。

「什麼？你不回美國了？」爹嚴厲的聲音還是從電話那頭傳來：「你在台灣有什麼前途？你應該在美國發展呀！美國才是你的地方呀！」

爹的電話一個接一個的打來，比十二道金牌還來的疾，但是，王進決定自己決定自己的命運了，因此爹的每一次電話，王進都堅決的回絕了。王進正像爹說的：現在王進已經長大了，不再唯命是從了。

在家中，王進與奶奶聊天。「這些年來，好在季季一直在照顧我與老老爺。」奶奶說。

「季季？」王進吃驚的問。

「是呀，就是她呀！」奶奶說：「當你在美國遇到薇薇的時候，薇薇就把我們的地址告訴她了，所以她從那時起就常來看我呀。」

「妳怎麼不早告訴我？」王進說。

「季季叫我不告訴你。」奶奶說：「季季是一個好人，你應該去看看她。」

「我會去的。」王進說。

「還有，季季還沒有結婚。」奶奶神秘的說。

「這，你告訴我幹什麼？」王進說。

「我的小孫子呀，」奶奶說：「我還沒有老到眼花心盲呢，難道我看不出你們兩個人的心來？你們兩個人都不開口，都在等，這是何苦呢？」

王進既決定在台灣立足，首要的事，就是找一份工作，但在人浮於事的台灣，想找一份工作並不容易。

王進一連跑了許多醫院，他們都拒絕他了，這一天，又一家醫院也拒絕了他，王進怏怏的、非常不快樂的走下樓，沒料一下樓就碰到一個人對他大叫：「王醫生！」

「你……是……」王進不認識他！

「你忘了嗎？我是你在美國的病人啊，」陌生人說：「你是什麼時候回來的？」

說眞的，王進不記得他在美國有這麼一個病人，但是能在台北這個陌生的地方遇見故人，王進還是很高興。

「我在學校教書，喏，這是我的名片，」陌生人遞過名片：「難得在台灣看見美國來的故人，你有時間嗎？我們聊聊。」

王進看看陌生人的姓名與頭銜，原來他是大學教授。

「謝謝你，教授，」王進說：「改天吧。」

「我看你愁眉不展的，好像有什麼困難似的，」教授說：「我是個教書匠，直腸直肚的，因此不怕莽撞的說，假如你眞有什麼困難，不知道我是不是可以幫你的忙，別忘了你曾是我的醫生，你曾救過我的命，我幫助你也是應該的，再說，我在台北眞的認識幾個人。」

「我是有點困難，但我會自己解決的，」王進說：「謝謝你，再見！」

王進告別了教授。王進這一次找工作又失敗了，王進很失望的回到家，沒料季季正與奶奶講話，王進想退出去，但奶奶已發現他了。

「進來！」奶奶厲聲的說。

王進只好進來了。

「今天奶奶很高興，」奶奶說：「今天我要燒幾個好菜請季季吃，你替我招待季季小姐吧。」

「奶奶，妳吩咐大媽做就好了，何必自己動手呢？」王進說。

「不行，今天是特別日子，我自己做！」奶奶說：「我已有好多年沒有做菜了，今天我的心情特別好，我要重溫一下我的手藝。」

「那麼，奶奶，我與妳一起做吧。」季季說。

「不，我自己做，你們聊吧！」奶奶說著就走向廚房了。

現在屋子裏只剩季季與王進了。

自王進從美國回來以後，已見過幾次季季了，但每次都是數人同在，還沒有與季季單獨相處的機會，現在還是第一次，因此王進與季季似乎都不知道應該怎麼說話，他與她這麼多年來，實在有很多的話要說，但現在……

他與她相對著。

屋子頓然安靜下來了。

靜默。

許久。

靜默。

許久。

靜默。

許久。

靜默。

許久。

「傻孫子，」忽然，奶奶不知在何時闖了進來，大叫的說：「你還不快向季季求婚嗎？你以爲季季能等你一輩子嗎？」可是正在這時，電話鈴鈴鈴鈴的響了，它打斷了奶奶的話，也打斷了王進正想說的話。

「喂，我是王進，你是……」王進拿起話筒。

「啊！王醫生，你好！」話筒裏的人說：「我是李院長，剛才我們重新考慮你的資歷與能力，我們決定錄用你，你何時可以上班？」

「蜜月旅行之後！」王進說。

「哈，」奶奶不禁大笑起來：「你還沒有向季季求婚呢，何來蜜月之後？」

「我這就向季季求婚。」王進說：「季季，妳嫁給我吧！」

「哈，」奶奶笑了起來：「看來你比你老老爺、比你爹，在談情說愛方面，都糟糕千倍，你的求婚招式竟是這麼的？你根本不是求季季嫁給你，你是在向季季下命令呀！你一家人好像根本就沒有求婚的DNA遺傳，眞是一代不如一代！季季，不要答應他，否則他一輩子都命令妳！」

「那麼老老爺是怎麼向奶奶求婚的？爹又是怎麼向娘求婚的？」王進問。

奶奶笑了。

當天夜裏，王進就把與季季結婚的事告訴爹，果如王進想的，爹在電話那頭暴跳如雷：「什麼？你要結婚？跟季季？季季是誰呀？她比謝玲玲還好？」爹並在電話裏下令：「快回美國！一個診所等著你，你起碼可以少奮鬥十年！」

王進拿出他一生從未做過的堅決，在電話的這頭只說了一個字：「不！」王進說完了，就把電話掛斷了！

謝玲玲的反應卻是王進沒有料到的：「什麼？你要結婚？你愛跟誰結婚就跟誰結婚！你告訴我這些幹什麼？不過你不要再回美國了，我爸爸一定很不高興，他一定不會放過你！」

巴黎

王進在美國求學與工作時，早就希望到巴黎一遊了，因爲巴黎是一個浪漫的城市，特別是此時此刻與季季在一起。據說巴黎是一個千年之都，巴黎集藝術、文學、繪畫、服裝、戲劇、美食等等的大成，也是世界流行潮流的源頭，因此有看不盡的東西，這幾天來，王進與季季看盡了鐵塔、凱旋門、聖母院、拉丁區、羅浮博物館、羅丹博物館……覺得果然傳言不虛，巴黎是很應該得到這些讚譽的。

早晨進餐的時候，王進無意間翻開巴黎的中文報紙，在戲劇版上，忽然看見這樣一行字：

北京京戲泰斗李金成來法公演

北京京戲劇院校長徐國助率隊

王進大吃一驚，立刻指著報紙對季季說：「季季！季季！妳看這是什麼？」

季季也是大吃一驚：「怎麼，徐國助也來巴黎了？那麼巧！」

「我想見見他！」王進說。

「怕不方便吧？」季季說：「我聽說他們很不自由，他們互相監視得很嚴，而且還有保鑣隨行，外人很難接近他們，再說，你來自美國，現在又在台灣工作，他們不喜歡有海外關係的人，像你這樣的身分，就是徐國助願意見你，他也不敢冒險見你，因為你只能替他製造麻煩，一個中國共產黨員被人發現有海外關係是很麻煩的。」

「但是，他是我最好的朋友啊，」王進說：「我們可以不談中國，也可以不談政治，我與他只是朋友，只敍舊，這樣總可以吧？朋友見面也犯法嗎？」

「那是你的想法，可不是共產黨的想法，也不是他的想法，」季季說：「我想你最好還是多考慮考慮。」

「我與他這麼多年沒見面了，我眞的很想念他，我想知道我們別後的一切，這也犯法嗎？」王進說：「這樣的機會實在太難再有了，我非見他不可！」

王進花了很多的時間，才打聽到北京戲劇團投宿的旅館，於是他就把求見徐國助的名片遞進去，現在就等著徐國助是不是願意出面相見了。

等！

等！

等！

一個小時後，終於，徐國助出現在旅館的咖啡廳了。

「國助！」王進說。

「進！」徐國助說。

王進與徐國助緊緊的握手又握手，王進甚至於想擁抱徐國助，但王進想想，也許徐國助不習慣這個西洋禮儀，因此沒敢擁抱，而且王進似乎也聽得出來，徐國助的聲音多少有些不自然。

自王進與徐國助上海一別，中國洶洶湧湧，世界也淘淘湧湧，這個世界已不知道翻了幾翻了，海峽兩岸，更是劍拔弩張，一個要血洗台灣，一個要殺豬（朱）拔毛，政治的現實是這麼尖銳對立，而王進與徐國助又完全站在對立的立場，此時此刻，就算王進與徐國助都有千言萬語，但都不便在這個地方說、不便在這個場合說、也不便在這個時間說，因此他們除了握手又握手、握手又再握手外，似乎他們對分別那麼多年來、對中國的絮語、叮嚀、愛與關心，連不能說出來的與可以公開說出來的，都只能在握手裏、在心底的內層下，盡情宣洩了。

王進似乎覺得徐國助對報國的熱情，還是那麼熾燙。

王進不知道與徐國助握了多久的手，最後還是徐國助打破沉默：「我們的咖啡冷了。」

「沒關係，冷就冷吧。」王進說。王進一飲而盡。

「你還是跟以前一樣，豪放不羈，不拘小節，一點沒變。」徐國助說著也把咖啡一飲而盡。

「你也是老樣子！」王進說。

「可惜我沒法在老老爺面前上香，你替我完成這個心願吧。」徐國助說。

「一定。」

「還有奶奶，你也要替我問候。」徐國助說。

「一定。」

「眞高興你能娶到季季。」徐國助說。

「你結婚了嗎？」王進說。

「還沒有。」

「我知道你喜歡薇薇，但……」王進說。

「別說了，我有點冷了，我們就這樣告別吧！」徐國助說著說著就向王進揚起了手，未曾等王進說什麼，就走出了咖啡廳。

王進望著他的背影，知道他或者有什麼難言之隱，忽然，王進覺得他的背影越來越小了，也越來越弱了，他不似當年那個沒有幾個人敢欺負他的人了，王進似乎覺得他的腰像承擔了太多太多他不應該承擔的重量，但那又是什麼重量呢？中國的苦難？中國太多的政治運動？三反四反？大鳴大放？文化大革命？……不！這些問題王進是都不能問他的，就是問他，想來他也不會回答，王進想，這些問題也許只能問頭頂上的天了，但天是什麼也不會回答的！王進甚至不敢問「別來無恙」這樣簡單的問題，因爲中國經過那麼大的風風雨雨，中國還有幾個人是「別來無恙」的呢？

王進想到這裏，不知怎麼，突然衝動的跑上前去，出徐國助不意的，狠狠的一拳就把他摺倒，王進同時大聲的對他說：「徐國助，你聽好！你跟我回台灣去，台灣有我在，你的生活沒有問題，台灣也非常歡迎反共義士！」

徐國助先是被王進打得躺在地上，繼之就是一楞，再繼而就什麼表情也沒有了。

「你起來跟我回台灣去呀，不然我就再打你！」王進說。

徐國助望望王進，淡淡的說：「王進，你這一拳打得好，你大概把你對我的氣全打出來了，我不會打你，但我也不會跟你回台灣，我說過了，你有你的路，我有我的路，我們道不同，不相爲謀。」

「但你不跟我走，我就打你。」

「王進，你以前不是我的對手，你現在也還不是我的對手，」徐國助說：「不過你可以打我，因爲我們一家欠老老爺很多，不過我永遠不會打你，因爲你是我的兄弟。記著，你永遠都是我的兄弟！」

王進想想，只好把伸出去的拳又收回去了。

重回台北

短暫的巴黎假期，一晃眼就過去了，王進要面對現實了。王進既是新婚，又有了新工作，自是精神飽滿。王進想：「畢竟天下之大，還是自己的台灣好！」

到了下班的時候了，王進正準備下班事宜，剛從醫院大樓下來，忽然看見一個陌生人從他的面前走過，這個人乍看雖然覺得陌生，但又好像有點面熟的樣子，王進再仔細一看，哦，原來是教授。

「教授！」王進叫住他。

「沒想到我們又相遇了。」教授說。

「告訴你一個好消息，」王進說：「我們上次相見之後，我就找到工作了，哦，我現在就是在這家醫院裏工作。」

「恭喜你！」教授說：「你本來就是名醫，這是病人的福氣。」

「不過我仍要謝謝你對我的幫助。」王進說。

「可是我並沒有幫上忙呀！」教授說：「不過好久沒看見你了，看你眉飛色舞，想必有什麼喜事，你去了哪裏？」

「巴黎。」王進說。

「好呀，是帶著新娘子一起去的？」教授說。

「教授連這個也知道？」王進說。

「當然，你是從美國來的名醫呀，你的一舉一動，整個醫院裏的人誰不知道呢！」教授說：「只可惜你沒有通知我，我是你的病人，我理應在你大喜時送上一份禮物，現在只有補上我的祝福了！」

「謝謝你，」王進說：「教授今天來有什麼事嗎？」

「你知道的，我是無事不登三寶殿的人，我確有一件事情想跟你談一談。」

「請說吧，教授。」王進說。

「這裏人多嘴雜，不太方便，」教授說：「你有時間嗎？我們找一個安靜的小飯店如何？反正現在也該是吃飯的時間了，我作一個小東。」

「這……」

「別客氣，走吧！」教授說。

教授與王進走進附近一家小飯店。一家很安靜很乾淨的小飯店。

教授似乎常來這家小飯店，教授一走進飯店，立刻老馬識途的帶王進走進一個套間，一個更安靜的套間。

王進看在眼裏，覺得教授今天似乎神神秘秘，不知道教授爲什麼那麼神秘。教授平常不是那麼神秘的，王進想。

「我知道你在美國已是一個相當有名氣的醫生，」雙方坐定之後，教授就打開話匣子說：「不過台灣有些特別，要成名醫，有時候不一定要靠實力。」

「那麼靠什麼呢？」

「公共關係、名人介紹、有名氣的病人……」

「這些我都沒有。」

「我想你只要努力，你會很快就有的，而且我或者說不定也可以替你介紹介紹。」

「那眞要謝謝您。」

「不過這需要你的努力，也需要時間。」

說來也眞奇怪，在以後的日子裏，許多電影明星、政治明星、政壇過氣與當紅的重臣，紛紛指名要求王進做他們的家庭醫生，或者私人醫生，再加上王進本身的努力，就這麼在這些名人的推薦下，沒有花多少時間就成爲知名的醫生了。

王進成爲知名的醫生後，緊跟著，生活也變得緊湊起來了，原本就沒有多少餘暇時間的生活，現在除了應付每日正常的工作外，還有一大堆的邀請，譬如演講、醫學會議、考察活動等等，王進似乎有些忙不過來了。

不用說，王進心裏知道，這些著名人物忽然找上門，多多少少是教授的功勞，因爲王進知道教授一定在暗中幫助他，因此他心存感激，但王進自己似乎也覺得自己應有這些所得，因爲他眞的很專注的投入醫生這一行業裏，因此也有些躊躇滿志。

王進絕沒料到名利頃刻到手！

王進出了名後，有人向王進提建言，現在台灣是一個沒有英雄的時代，誰能佔據媒體，誰就是才俊，誰就是英雄，提建言的人說：「以你現在的知名度，競選個立法委員什麼的，應該是輕而易舉的，爲什麼不試試呢？」

「不！」王進斬釘截鐵的說：「我對政治沒有興趣，我學的是醫人之學，不是醫國之學，你找別的才俊去吧！」

王進除了日常的工作外，現在不得不花很多時間周旋在所謂上流社會與名人之間，但王進有時候也會靜靜的想：教授究竟是什麼人呢？他與教授只不過萍水相逢，教授爲什麼這麼幫助他呢？

對這，王進卻礙於禮貌，不便問，也不能問。

圖窮匕見

在一個醫學演講會後，王進突然看見教授一個人還在那兒不走。

「教授，很久不見了！」王進說。王進與教授眞的有很久很久不見了，所以今次相逢，自是有些興奮。

「剛才的演講眞精彩，不愧名醫！」教授說。

「謝謝您，」王進說：「只要您不介意我在您的面前班門弄斧就成了。」

「快不要那麼說，我已老了，你是青出於藍，」教授說：「不過我還是老實說吧，我今天是專程來看你的。」

「有什麼事嗎？」

「是有一點點，」教授說：「我們能不能找個地方聊聊？」

「教授有什麼吩咐，就請說吧。」

「記得上次的咖啡店嗎？那裏距這兒不遠，環境也不錯，可有空嗎？」

「教授吩咐下來，赴湯蹈火也不辭。」

王進那麼說著時，實際上兩人的腳步都已同時向那個咖啡店移動了，待教授與王進到了那家曾來過的咖啡店，教授什麼也不說的，並不進入大廳，反入了一個小門，教授並立刻把門關上。

今天，教授似乎更神秘，王進想。王進進了這個小門，這才發現，原來這小門裏是一個套房，套房裏面另外還有一個人。

王進並不認識這個人，王進把這個人當做也是來喝咖啡的客人，沒料教授說：「來，我替你介紹，這位是……」原來他不是客人，是教授安排好的。

王進不知道教授今天爲什麼那麼神秘，他以前向他介紹朋友從沒有這麼神秘啊，因此王進看教授的這個樣子，王進立刻想到，所有的這一切，都是教授事先安排好的。王進想不出來，爲什麼教授要做這種安排？他們只見過幾次面，教授只不過向他介紹了一些名人做朋友，可是用不著神神秘秘啊！

老實說，王進可不喜歡這樣的安排，但王進又不願失禮，因此王進裝著很意外的、不動聲色的、很驚訝的樣子對教授說：「哦，教授，我不知道你還約了其他朋友，我們下次再聊好了！」王進說著就要走。

「王醫生，請等一等，」沒料教授還沒有說話，另外那個先來的人卻說話了：「我知道用這個方法請你來有點不恰當，但我們沒有別的辦法。」

「究竟是什麼事啊？」王進對教授說：「是不是有人病了？病人呢？」

教授與另外的人互相拋了一個眼色，沒有說話。

王進看教授與另外的人都不說話，王進頓了一頓，想了一想，似乎突然想起什麼來了，因此王進指著先來的這個人說：「哦，我想起來了，你……你……你好像是陳先生吧？我覺得我們好似認識，你是陳先生吧？因爲我對你的臉是那麼熟悉，假如我沒有記錯的話，我想我們一定見過面，但是我們究竟是在哪兒見過面呢？你是我的病人嗎？還是在醫學會上？哦……還是……這……這……我一時想不起來了……你眞的是陳先生嗎？」

「王醫生果然是好記性！」陳先生說：「我確實是姓陳，我們確曾見過面，不過我不是你的病人，我們曾在紐約爲釣魚台列島示威的事見過面。」

王進不願再談釣魚台列島的事，因爲這件事一直是王進的痛，但是既然陳先生提到釣魚台列島，王進就不能不感觸良多了。海峽兩岸的中國人都宣稱釣魚台列島是中國人的，但是日本炮艇已經公然開到釣魚台列島上了，日本炮艇並用水槍、鋼甲船、武力、暴力，用各種方法，強硬驅逐想登上釣魚台列島的中國人，可是海峽兩岸自命有主權的中國人何曾爲保護想登陸釣魚台列島的中國人出過一兵一艦呢？難道中國人一面認爲釣魚台列島是中國人的，又一面仍要忍受日本人在我們宣稱已有主權的領土上「進出」嗎？中國人如此無能，簡直笑死日本人了，中國政府的這種無能，也使熱血沸騰的中國人把熱血降到冰點。

不過現在不是感傷釣魚台列島的時候了，而是面對陳，怎麼面對陳。

「那很好，」王進只好說：「我們是故人重逢。」

「我所以請你來，是向你打聽一個人。」陳說。

「誰？」王進說。

「那我就實話實說了。」陳取出一張照片。一張放大了的照片！

王進看見照片，不禁大吃一驚！

「你認識他？」陳問。

王進手持照片，看了又看，不禁說：「你必須先告訴我，你們是誰？你們是什麼身分？你們的這張照片是怎麼來的？你們打聽他做什麼？你們有什麼目的？」

陳聽見王進這麼問，取出一張名片。

「貿易公司董事長？」王進問。

「是的。」

「你們應該不是做貿易的生意人，你們究竟是誰？」王進嚴厲的說：「你們不說實話，又怎能期望我說實話呢？」

「好吧，你太聰明了，我知道我們瞞不了你，」陳說：「不過你也不要逼我，你知道的，幹我這一行的，總有許多身分與不同的名字，眞眞假假，假假眞眞，你就不要再追究了。」

「啊，你們果然是特務！」王進說：「我想教授也是，是吧？我早就懷疑教授的身分了，不然一個退休教授哪裏有那麼多名人朋友？」

「是的！教授是我的同行。」陳淡淡的說。

「好吧，那麼你要我怎樣？」

「你已經知道我們是什麼人了，那麼現在請你告訴我，這張照片上的人究竟是誰？」

「慢點，」王進說：「你們究竟是眞特務還是假特務呢？現在很多人都冒充自己是特務，我也可以說我自己是特務，如果你們要我相信你們是眞特務，我不能只聽你們自己說，我要看證明。」

「眞拿你沒有辦法，」陳說：「你要怎麼樣的證明？」

王進倒也楞住了：「是呀，是要怎麼證明？」王進猶豫起來了。

「現在你該回答我的問題了吧？」陳說。

「還是慢點，」王進說：「你們怎麼知道我認識照片上的人？」

「哈，這個問題容易回答，」陳說：「我們不但知道你認識他，我們還知道你的一切。」

「原來你們早就監視我了？」王進說。

「不！我們只是尋找可用的人，」陳說：「我們知道你在中國逃亡的故事，我們知道你在美國求學的事，我們也知道你搞釣魚台列島示威的事，我們也知道你求職碰壁的事，其實你求職碰壁也是我們對你設計的計畫之一，我們一直在考驗你。」

「什麼?你們監視我，我又不是匪諜！」王進說。

陳又笑了：「哈哈，其實我們的目的與你想的剛好相反，我們在找忠心可靠的朋友，假如你眞的是匪諜的話，此時此刻你還能在這兒嗎？」

「哦，我明白了，你們要找眼線，結果找上了我。」王進說：「但我不知道我能做什麼眼線，我也不是一個好的眼線人才，我只是一個手無縛雞之力的醫生罷了。」

「你在我們心目中，遠比眼線重要，我們將來會有很多事情要請你協助，」陳說：「現在你能回答照片裏是什麼人嗎？」

「徐國助。」王進說。

「乳名？」

「小癩子。」

「你與他有什麼關係？」

「我不懂你說的關係是什麼，」王進有點不高興的說：「他是我在北平老家的長工之子，他的年齡與我差不多，所以我與他既是同學，也是朋友，如果這樣的關係還不夠，那麼再加上我是他的少爺，他是我的長工之子，這就是我與他的關係了。」

「哦，這些我知道，」陳說：「我是問：你們的友誼好到什麼程度呢？好到他肯爲你死嗎？」

「這……我不知道，」王進想了一想說：「假如是三十年前的話，我想他是會的，但現在，我不知道了，因爲人是會變的。」

「他現在在哪裏？」陳說。

「北京。」王進說。王進想，陳一定知道，自從中華人民共和國立國時候起，北平早已易名北京了。

「幹哪一行？」陳問。

「這……我就不清楚了。」

「自從你們在北京分別後，你們見過面嗎？」

「見過，上次在巴黎見面，聽說他是北京戲劇院的主管。」

「是這裏嗎？」陳又拿出一張照片。

王進一看這張照片，不禁又大吃一驚，這張照片分明是在巴黎拍的，照片裏有徐國助，也有王進，照片的背景就是王進與徐國助見面的那個咖啡廳。顯然王進每到一個地方，陳就監視他到一個地方，王進不知道陳爲什麼那麼監視他，但對他的監視很不高興，因此王進很是生氣很不悅的說：「哦，你們早已監視我了，你們什麼都知道了，你們還裝模作樣的問我幹什麼！我告訴你們，我不是匪諜，你們無權對我如此做！再見！」王進說著就要走。

「對不起，請不要生氣，我們的話還沒有談完，我們不是不相信你，我們只是想由你的話證實你的話。」陳說。

「現在證實了吧？」王進說：「那麼我是不是可不可以也問你們一個問題？」

「問吧。」陳說。

「徐國助出了什麼問題？他爲什麼要你們那麼關心？全世界那麼多共產黨，你們爲什麼獨獨只找他一個？」王進不客氣的說。

「哈，不是我們找他，是你找他！」陳說。

「我找他？」王進說：「這，我不懂了，我找他幹什麼？你這是什麼意思？」

「你就會懂的，」陳說：「咖啡來了，我們先飲完這杯再說！」

間諜

入夜之後，王進躺在床上睡不著，王進想，他或者已經捲入間諜事情裏了，這是他完全不想要的，因此心情陡的變壞起來。王進看過不少間諜電影，雖不太相信電影裏的情節全是眞的，卻知道間諜是幹什麼的，他們神秘、香艷，或者神出鬼沒，可是也殺人放火，就像〇〇七一樣，但像〇〇七那樣有好下場的沒有幾個。

其實，這只是王進的多疑了，因爲自此很久很久，王進都沒有再看到教授，也沒有再看到陳。王進每天進進出出醫院，進進出出上流場合，都很注意自己的腳跟後面是不是有教授、陳，或者其他的間諜跟著，可是王進一直也沒有發現什麼可疑的人物，甚至連可疑的鬼影也沒有看見一個，因此王進想：是他們放棄他了嗎？

但是王進又想，那是不可能的啊，因爲如果他們眞的放棄他，他們也就不需要亮出他們的身分了，那麼他們是放長線釣大魚嗎？可是他的身上又有怎樣的大魚呢？他們的目的究竟何在呢？

王進自與陳見過面後，每天都是劍拔弩張的生活，就是在上流社會的酬酢中，也是一樣，因爲王進不知道誰在監視他，但是這樣劍拔弩張的生活，在很久很久沒有任何事情再發生之後，王進的心情也就漸漸的麻痺起來了，也就鬆弛下來了，王進想：或者教授與陳眞的放棄他了！

可是，王進想錯了。也就是這天下午，王進在半路上又發現教授，當然，王進知道，他一定是在等他。王進想：該來的風雨終究是逃不過的！

這一次，教授帶王進去一個更秘密的地方，它的前門好像一家餐館，但在餐館的裝潢上很特別，它有好多好多有秘密機關把守的密室，王進看不到一個窗。這些秘室，想來是金屬做的。

王進到達時，陳已在這銅牆鐵壁的密室中等待很久了。

「對不起，又打擾你了。」陳說。

「有話攤開來說吧。」王進說。

「好，快人快語，」陳說：「我有一件事想請你幫忙。」

王進料到準不是什麼好事，但是在這種情形下，王進也知道自己沒有什麼選擇，只好硬著頭皮說：「我料到你早晚會找上我，那麼你就不要吞吞吐吐的，請直說吧。」

「好吧，快人快語，」陳說：「你不是就要去香港開會嗎？」

「是的，那是一個醫學會議，專門討論心臟，這與你也有關係嗎？」

「有沒有關係我們現在還不知道，但我們想知道所有開會的人。」

「那你按照開會名冊去認識好了，全部有一百多人，你可要大忙一陣子的！」王進沒有好氣的說。

「王醫生，別生氣，」教授插了進來：「陳的意思不是叫你去殺人放火，也不是去傳遞情報，更不是叫你去暗殺什麼人，他只認為這些會員中有些人不妥，提醒你注意而已。」

王進叫了起來：「我可不是那個料呀，我不是你的間諜，我只是醫生，我只會救人，不會監視人！」

「王醫生，別大聲，」陳說：「我們不會要你幹你不喜歡幹的事，我們只是想請你提供資料而已。」

「但我不是你們的人啊！」王進還是叫了起來：「這種事，你應交給你的人去辦，而不是交給我，我再說一遍，我是醫生，如果你沒有別的事，我就不奉陪了！」王進說著就要走。

「哦，哦，王醫生，你早已經是我們的人了，」突然教授插嘴進來說：「你在美國幹的那些工作，譬如社團活動、釣魚台列島示威、聯合全美留學生代表等等等等，所有的這些事，都是我們暗中策劃然後交給你去做的，只是你不知道內中道理罷了，你從那時起就已經是我們的人了。」

「什麼？釣魚台列島的事也是你們暗中策劃的？」王進聽了有如晴天霹靂。王進絕沒有想到，他一手參與的釣魚台列島大示威，原應是全體旅美華人自動自發的愛國行動，沒料到背後還是諜影幢幢。釣魚台列島大示威的大失敗，一直是王進心裏的大負荷，現在聽教授那麼說，他也就不再爲釣魚台列島大示威的大失敗深責自己了，王進那麼想。王進又想：原來間諜眞的是無孔不入！原來眞的間諜遠比電影上的假間諜還厲害！

王進想到這裏，眞的有點不寒而慄，因爲這一次不再是電影了！

「哈哈，」陳卻笑了起來：「歡迎你歸隊！」

「慢點，」王進說：「我不知道你們要我幹什麼，不過你們知道的，刺探情報、深入敵諜群中、臥底、殺人放火、發展你們的工作、你們這樣那樣的工作，我樣樣都不會，我也沒有興趣學，你們要我何用？」

「哈哈，」陳又笑了起來：「你說的這些事，如不是中了電影的毒，就是你的想像力太豐富了，你說的這些間諜工作都是老掉牙的事，今日的特務工作既不放火，也不殺人，反像〇〇七電影裏的詹姆龐德那樣，整天都吊兒郎當的尋花問柳。」

「那麼你們究竟要我幹什麼？」王進說：「你們要我吊兒郎當的到香港去釣女人嗎？」

「幹你的本行，」陳說：「你不是要去香港參加國際醫學會議嗎？而你不是也已接受邀請發表研究論文了嗎？」

「是呀，但這與你何干？」

「關係可大了，」陳說：「根據我們的情報，我們知道其中有幾個人不妥。」

「那麼你揪出那幾個人不就成了？」

「實際上我們不知道是哪幾個人，因此你在香港所接觸的每一個人，我們都要曉得。」

「這是一個很普通的醫學會議呀！不是間諜大集會呀！」

「你去了才知道。」

「我見什麼人你也要知道嗎？連我多年的朋友也不放過嗎？」

「當然！這是我們的習性。」

「當然，這是我們的習性，」王進學著陳的話非常生氣的說：「那麼我在會議裏放一個屁，你也要知道嗎？」

路青青

王進對英國人佔領下的香港，一無好感，因爲英國人只向錢看，有錢能推磨，就是香港的特別寫照。香港的窮人窮得無立錐之地，可是富的又富可敵國，香港能一面燈紅酒綠，也能一面路有饑民，天堂與地獄只有咫尺之隔。不過香港的夜景是美麗的，是動人的，王進每夜每夜坐在旅店高樓的咖啡廳中，俯望一片熒熒燈海，這眞是難得的享受。

五天的會議已經進入尾聲了，王進又來到這高樓上的咖啡廳中，享受這燈海的溫馨。

「嗨！」沒料王進的背後傳來嬌滴滴的一聲。

王進知道這聲音是在喚他，因為王進對這個聲音很熟悉。王進不禁回頭看去，果不是嗎？是許久許久沒見的路青青。她的嗓門永遠是那麼可愛的。

路青青也是來開醫學會議的，只是在會議中，雙方各有各的朋友，雙方各忙各的，因此王進與她甚少見面，有時遠遠的看見，頂多也是揮揮手，或者一聲「嗨」，話也沒機會說一句，因為參加會議的人太多了，場面也太亂了。

「你又在看香港的燈海了？」路青青還是嬌滴滴的說。

王進對路青青可說非常熟稔，熟稔的超過一般人。王進在美國醫學院求學時，與路青青曾是先後期同學，後來王進做主治醫師，路青青是他的助手，當王進在美國留學生社團中活躍時，路青青又是王進的助手，路青青專責做些社團的秘書工作，因為有這層關係，因此與王進非常接近，有人開玩笑說，王進有意追求她，也有人說路青青對王進很有意思，是路青青對王進主動展開進攻，但這些都是傳言，因為王進的身邊已有謝玲玲了，而謝玲玲看守得很緊。

王進回台灣與季季結婚後，路青青也從美國來到台灣，不過不是歸國長住，而是以醫學客座教授的身分出現，當然，醫學客座教授又與王進聯絡上了，不過當路青青聽到王進與季季結婚的消息後，這位客座教授來不及完成客座教授的合約就提前歸去了。

不過，這只是歸去，路青青仍常常回到台灣，當然都是短期性的，仍是以研究、講學的名義爲多。由於路青青學有專精，在美國已創出極高的知名度，因此在台灣也漸漸的打出了名號，再加上她的美麗、口才、交際應酬的手段，因此她的身邊老是圍繞著一些名流或者政海政客，更當然的，海峽那岸也不會冷淡她，她也經常來去彼岸，只不過兩岸所有的講學，都是短暫的遊學性質，路青青生活的重心，似乎離不開美國。

不過這是王進認識的路青青，闊別多年，現在的路青青已不再是當年求學時代的路青青了，王進想，因爲王進發現她已有野心，她已是紅透美國的華人圈中的名花與名醫。

「妳不覺得香港的燈海是美麗的嗎？」王進凝望著她說。

路青青只是微微的、很甜蜜的一笑，不待王進允許或拒絕，就一屁股的坐在王進對面的空椅子上。

「給小姐來杯卡布奇諾。」王進對剛好走過來的侍者說。

「是！」侍者應著，走了。

「你好像還記得我的嗜好，對你這個著名的護花使者來說，還眞不容易。」路青青說。路青青似乎指的是謝玲玲，因爲當王進與謝玲玲愛情邁步時，許多人都嫉妒，可是感覺最不是味道的就是路青青，不過路青青在說這話時，笑得更甜了：「不過你的話快要改一改了，我這次回美國之後，就要與人結婚了，因此你下次再看見我的時候要稱我『太太』了。」

「我是醫生，我記得很多人的嗜好，妳的嗜好當然也在內。」王進說：「哦，恭喜妳這個新娘，那麼那個幸運的新郎是誰呢……？」王進沒有再說下去。說眞的，當王進聽到路青青就要結婚，心裏還眞的莫名其妙的起了一陣雞皮疙瘩，雖然他知道他從來沒有愛過她一天。

「唉，你這個人一點都不懂得浪漫，」路青青說：「我以爲我捧你一句，你會想起我們當年在一起的日子是多麼甜美，那時你記得我所有的嗜好，是不是？」

「但是光陰沒辦法倒流呀，是不是？」王進依著她的話反問說：「如果我不是幹醫生這一行，只怕我連妳喜歡的卡布奇諾也不記得了。」

「你很無情。」

「無情也是有情，」王進說：「眞的，恭喜妳得到如意郎君。」

「沒有什麼好恭喜的，」路青青忽然嚴肅的說：「年輕時沒有人要，現在年齡一大把了，再不趕快找個人嫁出去，就更沒有人要了，我是爲結婚而結婚。」

「別說那種傻氣的話，」王進說：「我記得妳身邊從不缺少拜倒在石榴裙下的痴男，這一次終於名花有主，我羨慕他！」

「別羨慕我了，否則我更難過，」路青青忽然又嚴肅起來：「你知道我同誰結婚嗎？」

「那麼是誰呢？」

「告訴你，史治安！」

「啊！」王進幾乎在心裏驚叫出來，幸好沒有出口。

王進認識史治安，這個人又老又醜，脾氣又很怪異，這是他的短處，但史治安爲人四海，結交廣闊，大凡美國政壇人物、海峽兩岸過氣與當氣的政客、中外企業家，等等等等，大凡是在美國華僑界有點頭臉的，大都是他的座上客。王進想，像史治安這樣的人物，應該只是一個共飲咖啡的朋友，而不是可以結婚的對象。

王進想到這裏，不禁有點愴然，因此趕快顧左右而言它的說：「妳的卡布奇諾冷了，我的濃縮也冷了，我們不要浪費它，來吧，我們飲盡它吧！」

王進不待路青青再說什麼，就自顧自的把自己的「濃縮」舉杯一飲而盡。

天天天藍

王進回到台北後，日子又恢復正常了，奇怪的是，陳與教授都沒有再來騷擾他，天空又再是天天天藍。但是，就在天天天藍中，突然的，遠在美國的謝玲玲卻突然來了電話。

「我要來台北，」謝玲玲說：「你不會小器到連接機也不接吧？」

剎那間，王進知道，台北的天空不再是天天天藍了，王進知道，台北今後的天空全由謝玲玲這個氣象員決定了。王進一直不知道自他與季季結婚之後，她怎麼壓制她自己的情緒，而王進相信那必是狂風暴雨。

不過謝玲玲的狂風暴雨還沒有來，倒是教授與陳的狂風暴雨先來了。

「你再去香港！」陳說。

「什麼？爲什麼再去香港？」王進說。

「我們派你去！」

「做什麼？」

「只是旅遊，只是認識香港上流社會的人，」陳說：「以你名醫的地位，可以很快的認識很多香港有名望的人。」

「爲什麼認識他們？」

「你將來會知道。」

「那我的醫生還要不要繼續幹下去啊？」

「幹！這裏有一個香港著名醫院給你的短期聘書。」

「但是謝玲玲就要來台北了，我不能不見她……」

「你不是不想見她嗎？你離開台灣，那麼這不是很好的藉口嗎？」陳說著說著忽然也嚴肅起來：「同時我們也不希望你見她。」

「爲什麼？」

「自從你與季季小姐結婚之後，她爲報復你，她與海峽那邊走得很親近，她父親現在是旅美華商左派商會的理事長，而她自己也常常出入大陸。」

「什麼？你們連她的事也知道？」王進叫了起來。

「我們對她知道的比我告訴你的還多，但現在還沒到完全告訴你的時候。」

「看來你們眞的是無孔不入，連一個小小女孩子的事也要管。」王進不高興的說，但王進又想想，自他與季季結婚後，謝玲玲把氣出在他的身上，也許是有理由的，但是謝伯伯卻把氣出在中華民國身上，就沒有道理了，因此默默不語，任陳擺佈了。

香港

王進再見香港，對香港已比較熟稔了，因爲這些年來，王進進出香港已不知道有多少次了，對香港的事、物、人也都有一些瞭解，不過這一次再到香港，還是有很大的不同，以前的香港是在英國的治理下，是英國的殖民地，現在的香港，已回歸中國，香港人已是自己的主人了，只不過香港在「馬照跑、狗照跳」的最高指導原則下，從表面上看，香港只不過是換了一個旗幟而已，其他的改變甚少，至於骨子裏是不是有什麼改變，王進並不知道，但王進可以確定的是，一定是有所改變的。

但是王進料想不到的是，當王進到達香港的第二天，謝玲玲就追蹤而至了。

「你是不是不願見我？爲什麼逃來香港？」謝玲玲氣勢洶洶的問。

「是的，是有那麼一點點的不想見妳，」王進只好老老實實的招認：「我現在已是結婚的人了，有些事，人言可畏，還是避一避的好。」

「你把我當成什麼人了？」沒料謝玲玲更生氣的說：「不錯，我們之間是有許多事不宜告訴你的新娘子，但是我承認我是一個失敗者，你應該相信我不是拿不起放不下的人，你放心好了，我現在可以向你保證，在任何情形下，我絕不會拿你過去與我的事爲難你的新娘子，相反的，我誠心祝福你與季季百年偕老。」

「謝謝妳。」王進說：「我以前把妳當我的妹妹，把妳當一個不通情理的小女孩子，現在我發現妳已經長大了！」

「哦、哦、哦，王進，你又說『謝謝妳』了，」沒料謝玲玲不生氣的笑了起來：「王進，你不是已經答應過我在我面前永不說『謝謝』這兩個字，是不是呢？只不過你當年認爲的小女孩子長大得太遲了……」

回歸後的香港，馬照跑，狗照跳，笙歌依舊，只不過以前一批專門阿諛英國的人，現在把阿諛的方向改向北京，一些新聞媒體也跟著見風轉舵，除了這些外表改變外，王進眞的看不出內裏的香港有些什麼變化。其實王進也不是爲看這些變與不變來的，王進除了投身工作，就是與上流社會周旋了，王進相信陳派他來香港的目的，就是與香港的上流社會周旋，因此王進幾乎把所有的閒暇都消磨在各式各樣的俱樂部裏，與各式各樣的名流碰杯。

在俱樂部裏，東家長西家短的八卦新聞自是不少，最初王進還覺得有點討厭，但聽多了、聽久了，也就覺得這些八卦也有點用處，那就是消息靈通，什麼社會新聞、股票、起落、暗盤、工地、投標、企業合併、拆夥、分離、名人離婚、結婚、賠償金、名人離港、來港、做什麼、說什麼……等等等等，俱樂部裏全有，而且比媒體傳遞得還要快與翔實。

當然，幾乎所有的消息都是「內幕新聞」，信不信由你。

現在坐在王進對面的是賈多才。

賈多才原是金融大亨，由於年齡關係，現已經退休了。王進曾聽聞不少有關賈多才的傳言，有人說他原本大字不識一籮，他的前半生曾經顛沛流離，後來不知怎的，突然白手起家，因此在香港金融界裏是個傳奇人物，不過王進確知的是，賈多才是一個左傾份子，香港數家左派銀行與他頗有淵源。

還有一點，王進也覺得非常奇怪，賈多才既是香港金融家，那麼他談的最多的應該是香港金融才對，但王進每次看見他時，他談的都是電影，好像電影才是他最大的興趣。王進更奇怪的是，這個左傾金融家，不但左右派朋友不少，而且在政治界、軍界、一般江湖朋友也不在少數。但王進覺得最奇怪的還是，這個賈多才似乎對王進也很有興趣，他常常藉故與他聊天，只要王進來到俱樂部，他常常也在俱樂部出現，有時王進回台北，賈多才也出現在同一班飛機上，王進在台北參加老友聚會，奇怪的是，賈多才也出現在聚會裏，賈多才與台灣的政治軍事上流人物混在一起，王進最初認為是一個巧遇，但次數多了，王進就不那麼想了，因此王進有時問自己：「他是誰？爲什麼？他有什麼目的？」

現在他又對他談電影了。「你看過劉德華最新的電影沒有？」賈多才說。

「還沒有。」

「那天我帶你去看劉德華本人，他本人比電影還迷人！」賈多才說。

王進未應可否，因爲王進根本不喜歡電影，對劉德華也不入迷，因此王進一邊聽一邊忘了，可是沒有料到兩天之後，王進的電話鈴鈴的響了起來：「我是賈多才，現在劉德華就在我這裏，你要看他本人就快來！」

「但我走不開呀！」

「劉德華可不會等你這個醫生的。」

「那麼下次再說吧！」

「沒有下次，就是現在！」

王進只好不情不願的趕去，不過當王進趕到的時候，劉德華已先一步走了。

「我說我下次再來，你偏不，」我抱怨的說：「結果害我撲空。」

「對不起！」賈多才歉意的說：「不過我想請你見另外一個人。」

「誰？周潤發？」

「他比周潤發苗條很多，但比周潤發有權的多。」

「那麼究竟是誰呢？」

「是我！」沒料一個人從另一扇門出現，他果然苗條的像竹竿一樣：「王醫生，你好！」

「你好！」王進說：「原來是廖無萍先生！久違了！」

王進認識廖無萍先生，因爲他偶然也來俱樂部，因此王進與他已有數面之緣，但王進與廖無萍一直沒有什麼深交，不過透過俱樂部裏眞眞假假假假眞眞的八卦新聞，王進對他還是知道一點，王進知道他曾是英國殖民地時代中華人民共和國駐港高官之一，今天已經從官場裏退休了，改行經商。

王進不知道廖無萍找他幹什麼，他與他從來都是井水不犯河水，河水也不犯井水的，做官的經商的與做醫生的根本對不上口，但王進馬上意識到，廖無萍用這個神秘的辦法出現，一定有古怪，說不定有什麼大事出現了，也或者，廖無萍有什麼隱病，不便宣揚出去——是不是廖無萍的心臟出問題了？而又想瞞過媒體的窮追？

「很對不起，要你趕來，卻沒有使你看到你的銀幕偶像，」廖無萍說：「不過我跟劉德華是多年好友，因此我保證你以後一定還有機會！」

「希望不是你的心臟出問題吧？廖先生！」王進說：「不過你的氣色很好，你應該不像是我的病人，尤其是心臟病。」

「確是心臟問題，不過不是我的心臟有問題，是國家的心臟問題。」廖無萍說。

「我不懂你的話。」王進實話實說。

「你不覺得嗎？近年來，兩岸問題糾纏不清，是戰、是和、是統、是獨，各種情形都有可能，所以我說這是國家的心臟出問題了，你說是不是呢？」

「這是政治，我不會醫這個心臟。」王進說。

「我知道，醫國家的心臟是政治家的事，但你也可以盡一點力呀。」

「我又不是政治家，我這個做醫生的，怎麼盡力？」

「你可以傳話過去，讓海峽兩岸雙方的政治家一起來醫這個心臟。」

「傳話？傳話給誰？」王進說。其實王進在心裏不禁一震，但表面上沒有一點痕跡。王進知道，陳派他來香港的目的也許就是「釣魚」，現在等待的魚終於上鉤了，王進怎能不心裏一震呢？

「是的，傳話給台北有『力』的人。」廖無萍說。廖無萍把「力」這個聲音拖得大大的：「我已注意你很久了，我知道你在台灣政軍高層都有很多朋友，因此我知道你有能力把我的話傳到台灣最高層，如果你傳話成功，而台灣高層又有意，那麼我們就可以把海峽兩岸的心臟交給他們醫治了，哦，哦，我的意思是說，如果他們雙方能秘密談判，那麼我們就能避免海峽兩岸大戰了，那麼你和我不都是為自己添造一級浮屠了嗎？」

「那……那……你的意思是要我充當傳信的密使？」

「差不多就是這個意思。」

「好吧，」王進說：「我對你的提議很有興趣，但我的力量非常有限，不知道能不能成功。」

「但這一切都是秘密的，不論成敗。」

「我知道。」

打蛇隨棍上

王進立刻把這個消息告訴陳與教授。

「我們苦心培養你多年，現在機會終於來了！」教授與陳興奮的說。

王進不懂教授與陳說培養多年是什麼意思，難道說自己早就是教授一夥的？不過王進為了徹底保守秘密，是自己親口向陳與教授報告的，順便也等待陳與教授考慮的結果。

「你再飛回香港，你這樣告訴廖無萍，台北對他的提議很有興趣，一定會派重量級人物與會，」陳說：「但現在我們還不能確定廖無萍的話是眞是假，也不能確定廖無萍是不是有能力安排這個高層秘密會談，同時我們也不知道對岸對這樣的秘密會談有沒有興趣，因此我們必須證明廖無萍的話是千眞萬確的，而且對岸也有確有這個興趣。」

「但，怎麼證明？」

「這件事又要辛苦你了，」陳說：「你可以向廖無萍提出要求，為了要確實證明對方有意，請他秘密安排你赴北京一行，而且要求秘密的會晤你指定的政府某一高階官員，如果廖無萍眞的做到了，表示廖無萍不是說著玩的，並且中華人民共和國也眞的想同中華民國秘密的談一談。」

「但，這個探路的工作，爲什麼又是我呢？你手中一定有很多比我專精的人呀！」

「可是他們都沒有你恰當。」

「爲什麼？」

「因爲廖無萍向你提出，表示他信任你。」

「只此一個理由？」

「當然還有另一個原因。」

「說吧！」

「徐國助。」

「他？」王進吃了一驚：「這……這……這也與他有關嗎？」

「你知道徐國助的眞正身分嗎？」

「他好像是什麼劇院的負責人。」

「你完全錯了，那個銜頭只是表面上給人看的，」陳說：「他眞正的身分是中華人民共和國情報處最高負責人！」

「啊！」王進不能不驚叫了：「原來你們派我去還另有文章，但我不知道你們要把你們的這個死對頭怎樣辦？」

「要你釣出他來。」教授說。

「然後殺了他！」王進說。

「你錯了，我說過了，我們不殺人。」陳說。

「那麼釣出他幹什麼？」

「與你想的恰恰相反，我們要幫助他！」教授說。

「你怎麼知道他需要你的幫助？」

「這，我就實話實說吧，」陳說：「這幾年來，海峽兩岸表面看起來平靜無波，但是表面下卻是波濤洶湧，海協會與海基會談的並不順利，中華民國與中華人民共和國日日假借演習之名操兵，這些應該都是你知道的，因此眞正的情形是，台灣風雲日急。」

「這，誰都可以從猜想知道一點。」王進說：「中華民國選總統，中共看了不順眼，馬上派飛彈來，結果中華民國選出了一個中華人民共和國不信任的總統，因此中華人民共和國對台灣加重了外交壓力。中華民國又選總統，這次雖沒有派飛彈，卻派了紙彈威嚇台獨，結果中華民國還是選出了一個有台獨情結的總統，中華人民共和國更不信任，因此『不放棄武力統一台灣』，更是掛在嘴邊……總之，近年來中華民國所有的種種，海峽那邊越看越不順眼，海峽兩岸當然風雲日急了。」

「只是有些事你不知道，」教授說：「中共在十年前整軍經武，今天已頗有成績了，既然海峽兩岸談不出結果，在中共軍隊中，就產生了戰與和兩派，比較積極的人主戰，因爲他們認爲，只有通過戰爭手段才能把台灣制伏；另一派的人比較溫和，主張兩岸雖談得不順利，還是繼續談下去，因爲台灣除了經濟能力比較強外，其他的一切，不論台灣島的內聚力、或是在國際上的外張力，都是一天不如一天，反觀我們，我們的經濟一天比一天好，在軍事上也慢慢的有了對抗美國的力量，也就是說，台灣與我們的談判籌碼越來越少了，最終有一天，台灣的談判籌碼會一無所有，到了那時，台灣想不屈服也得屈服了。溫和派認爲他們可以不戰而屈人之兵。」

「這與我有什麼關係？」王進說。

「根據我們的情報，徐國助就是溫和派中的主要人物。」

「這又怎樣？」

「我們為我們的安全計，必須拉近與他的距離，並且想辦法增強他在中共軍中的影響力。」教授說。

「那你們就照你們的想法做呀，這又與我何干？」王進說。

「但我們沒有辦法接近他。」陳說。

「哦，因此你們才想到利用我，引他出洞？」王進說。

「不是我們利用你，是我們拜託你，也是全中華民國人拜託你，」陳說：「再說，假如你想對你的朋友有所幫助的話，你也應該跟我們合作。」

「這，又怎麼說？」王進說。

「就我們的情報顯示，你的朋友現在正遭遇空前的麻煩，」陳說：「自從法國軍售台灣後，中華民國的軍力增加了不少，現在美國又計劃把台灣拉入東南亞戰區飛彈防禦系統TMD裏，這更增加中華民國的力量，因此中共覺得，如果中共再任中華民國這樣搞下去，當中華民國的軍力強大到足以自保的時候，再配合民進黨陳水扁當選總統的聲勢，台灣眞的有可能宣布獨立，如果到那個時候再向中華民國下手，戰爭必將擴大，死亡的人更多，而且國際局勢難料，如果此時再有外國勢力插手，那麼就更麻煩了，因此與其等到那時再下手，不如現在就下手。在這種論調下，因此中共主戰派的勢力一天大於一天，相對的，徐國助的溫和主張就受到很大的壓力了，而且招忌起來，動不動就有人想拉他下台。」

「還有，他主張的溫和政策，現在也正受到主戰派的強大挑戰，還有政客的騷擾，」教授說：「再加上他還有海外關係，這都是他的麻煩，他是否還有其他的什麼別的麻煩，使他受到什麼樣影響，我們現在還不太清楚，我們也正想知道……總之一句話，他現在正受到主戰派無情的挑戰，他已沒有好日子過了，就我們所知，他正接受檢查。」

「哦，不是我害他受到檢查的吧？」王進說。

「我不知道是誰害他受到檢查的，但你要不要救他，就看你怎麼做了。」陳說。

「就算是我害了他，但這也不是我惹起的呀！」王進說：「這明明是他們的內鬥，是溫和派與主戰派的互鬥，我又怎能幫他呢？」

「但是假如主戰派鬥贏了，就跟你我都有關係了。」陳說：「那時你的朋友失勢了，還很可能淪爲階下囚，而中華民國，海峽風雲變色，血流成河，台灣人倉惶的四處逃難！」

王進想到逃難，昔日的種種景象就又浮上心頭了。王進想：絕不能再叫中國人再逃難了，因此王進軟了下來：「那麼你要我怎麼做？」

「我們必須充分利用這個局勢，」陳說：「說來眞巧，機會來了，就是你爲密使權做探路工作的時候。」

「假如我上次與他在巴黎的見面，已爲他惹禍，我這次再去求見他，豈不是更爲他惹禍？依我看，你們非但救不了這個溫和派，反給主戰派一個攻擊他的機會。」

「沒關係，我早已想到這點了，」陳說：「你只需專心做你的探路工作，你毋需求見他，他要不要見你由他自己決定。」

「但是，如果我不求見他，他怎麼知道我來了北京呢？」

「哈，你眞是杞人憂天了，」陳笑了起來：「以徐國助工作，他豈有不知你來到北京的事嗎？現在我還很懷疑，如果廖無萍的提議是眞的，說不定廖無萍背後的人就是他。」

「那麼，」王進說：「如果他不主動出來見我，而我也不直接求見他，那豈不是我們擦肩而過？」

「是的！」教授說：「依你與他的友誼判斷，我想他應該見你，但如果他不現身，我們還是能從他要不要見你一事上知道他所受主戰派的壓力，我們也知道廖無萍背後的人是不是他，因此我們還是有收穫。」

「可是如果他主動出來見我，我又要做什麼事呢？」王進說：「我勸他投誠嗎？我勸他做反共義士嗎？還是我勸他做反間諜？」

「什麼都不要，你只要跟他閒話家常。」教授說。

重見北京

王進沒有想到，自從多年前離開北平後、自從中華人民共和國正式成立之後，還有重睹北京的機會，王進原以爲再也沒有機會了。

王進在北平的時候，正是北平最混亂的時候，北平籠罩在戰爭、難民、饑餓、恐懼與死亡的影子下，現在看見的北平，早已易名北京了，不但名字改了，那些因內戰而起的混亂，也都不見了，只是王進乍見今日的北京，還是很不習慣，因爲今日的北京處處打扮的像一個俗氣的鄉下大姑娘，美是美了，可是一點也沒有往年北平的書香氣味！

王進不是爲遊玩來北京的，因此探路的工作順利的完成後，就坐在旅館裏等徐國助的電話了。這是陳的指示。

王進不知道徐國助會不會打電話來，王進希望徐國助打電話來，因爲王進眞的很想念他，並不是爲什麼主戰派溫和派，王進覺得他與徐國助從小就是朋友，現在他們都長大了，而且也有多年沒有見面了，他們爲什麼不能像一般人似的見面聊聊呢？可是王進也眞的希望徐國助不要打電話來，因爲王進不想再替徐國助增加任何麻煩。王進記得他上一次與徐國助在巴黎見面之後，替他找的麻煩還不夠多嗎？

等、等、等，到了第四天，王進還沒有接到徐國助的任何電話，王進不禁在心裏嘀咕起來：「是徐國助不知道我來到北京嗎？或者是徐國助不敢見我？或者還是徐國助不願見我？我要不要在在北京再多留幾天、看看還有沒有機會？」

王進有許多理由在北京多留幾天，北京是他念念不忘的老家，北京的老宅、兒時的舊地、紫禁城、萬里長城、頤和園、圓明園……，都值得一一重遊，特別是在中國經歷過那麼大的變化之後。

紫禁城的龐大與巍峨，再一次的叫王進吃驚。

紫禁城是明清兩代的皇權中心，在大約五百年的時間中，左右了中國的一切，但它也親眼看到了明與清的覆亡，也更親眼看到中華民國的創立與敗退。現在王進看到的紫禁城，朱紅依舊，威嚴依舊，宏偉依舊，只是沒有王氣了，王進不禁想起了杜甫的詩：「國破山河在，城春草木深。」

王進最記得紫禁城中有個鐘錶博物館，鐘錶博物館中有一個鐘，當它走動時，可以聽到瀑布聲。瀑布是竹子做的，當年他與小癩子最喜歡這個竹子做的瀑布鐘了，現在王進又來到鐘錶博物館，幾乎所有的鐘錶都在，可是獨不見那個瀑布鐘了，王進不禁在心裏問：「它到那兒去了？」

王進又到了頤和園。頤和園原是乾隆皇帝爲祝母壽興建的皇家花園，可是實際上是爲了乾隆皇帝自己的享受。乾隆皇帝爲建頤和園，花了全國老百姓億萬兩銀子，用乾隆皇帝自己的話形容它的工程之大與美：「此天下之未有也！」但可惜，晚清末年，朝政不修，引起列強覬覦，頤和園竟毀於八國聯軍之火。到了慈禧太后時代，慈禧又爲了貪圖自己的享受，又再花了數億萬兩銀子，把它重建起來準備慶祝自己的六十大壽，可是正要慶祝大壽時，海上傳來北洋艦隊全軍覆亡的消息，大清皇朝的敗象已露了，可是慈禧太后仍要挪用建海軍的費用，不惜再大事重建，所以清儒說：「萬壽無疆，萬壽疆無。」

慈禧太后動用海軍軍費重建後的頤和園，眞的很美很美，頤和園的每一幢建築，不論山、水、亭、殿、榭、閣……無一不是中國文化的瑰寶，無一不帶著中國人的人文哲理，但慈禧太后第二度重建後的頤和園，馬上又再見到戰爭，這一次是八國聯軍。

頤和園前有一個團城，團城上有一個玉佛寺，玉佛寺裏有一個玉佛，在往年，王進與小癩子最喜歡看大玉佛手上的一條大刀痕疤，據說這條大刀疤是八國聯軍留下來的。當年八國聯軍衝進北京，能搶的就搶，不能搶的就砸，不能砸的就用砍，玉佛身上的刀疤就是那麼來的。「連玉佛身上都帶著國恥！」王進與小癩子說。現在王進再看那個玉佛，那條疤痕仍在，只是疤痕又增多了一條，據說這一條是文化大革命時紅衛兵留下來的。

八達嶺在北京郊外，距北京有兩三個小時車程。

八達嶺附近，山巒縱橫，形勢險要，是扼守北京的重鎮，萬里長城就在八達嶺上縱橫飛舞。

王進一想到八達嶺，就想到八達嶺去看看，八達嶺曾是王進與小癩子最常來的地方，王進想，假如小癩子要見他的話，這個八達嶺應是最好的地方了。

萬里長城依著山勢，一個勁兒的高高低低從八達嶺左右分開，如果遠遠的看，萬里長城有如一條飛舞在群山上的巨龍。「龍蟠虎踞」也許就是這個意思。

王進依著兒時的步伐，登上八達嶺，毫不考慮的就向左方的萬里長城走去，王進知道，左邊的萬里長城比較陡，也比較難爬，因此遊客比較少，但最主要的還是他與小癩子最喜歡左邊的這一段長城，因爲他與小癩子皆認爲左邊的這一段長城最美。

王進依著幾乎是垂直的長城一直向前走去，走著走著，前面最陡的一段出現了，此時整個萬里長城眞的是垂直起來。許多遊客看見這麼陡的長城，在驚訝與敬佩下，有些人自知體力不及，只好打退堂鼓，可是王進繼續向前。對王進來說，越險的萬里長城越能顯示自己的毅力，不是有「不登長城不是好漢」嗎？而這最陡的一段，才最能考驗誰是好漢誰不是，何況王進是追著兒時的腳步來的呢？

王進繼續向前走，漸漸的，前面的長城更陡了，但王進也同時發現，現在只有他一個人了。王進想，大概所有的遊客被這一段長城打倒了，都打退堂鼓了！王進想，這豈不是更好？因爲此時此刻，整個萬里長城都是他一個人的了！

王進雖是這麼想著，但走著走著也走不動了，畢竟這一段長城太陡了，王進幾乎想像不出這一段長城是怎麼建成的，它根本就不再是城牆，而是一個可以直登天宮的天梯！

王進雖知自己走不動了，但仍不示弱的努力的向前走著，畢竟，王進不知道這一次遊長城之後，下次又在什麼時候，甚至有沒有下一次，他都不知道，因此王進又再鼓起勇氣，好像又復當年少年時代的孟浪精神。王進想：假如徐國助想見他的話，應該是現在、應該是這個地方，因爲這個地方有他們共同的回憶……但王進望望長城，在王進之前，闃無人跡，在王進之後，也是闃無人跡，徐國助又怎麼會在這裏出現呢？

王進想到這裏，就有點氣餒了，畢竟王進不再是少年了，這一次王進是眞的再也走不動了，王進認輸了。

王進望望那無止境的萬里長城，嘆一口氣，決定回頭，可是也就正當王進回頭的時候，忽然一隻手向他伸來，王進抬頭一看，正是小癩子！哦，哦，哦，不！是徐國助！

「我知道你一定會走這段長城，所以我在這裏等你。」徐國助說。

「哦，」王進雖然早已預感小癩子也許會在這裏出現了，但還是驚訝的說：「眞的是你？你怎麼知道我在北京？你又怎麼知道我在萬里長城？」

「我不但知道你什麼時候來到北京，我還知道你爲什麼來北京，以及來北京做什麼。」徐國助說。

王進想，也許小癩子說的對，他應該知道，教授沒有說錯。可是這樣的重逢，眞的是在夢中嗎？王進面對著小癩子，心裏有千言萬語，一時卻不知道說什麼好，王進只感覺到，順著萬里長城吹來的逆風，翻飛著他的衣領，也翻飛著小癩子的衣袂。

王進與小癩子面對面，剎那間竟然無聲。王進絕對沒有想到，早年的預感，今天竟不幸成眞，現在王進必須把小癩子當敵人，而小癩子也必須把他當是敵人，王進不禁在心裏呼叫：中國啊中國，中國爲什麼竟使一對好朋友變成生死對立的敵人？

血誓

王進回到台北，迎接他的只有陳與教授。

「你見到徐國助了？」陳說。

「見到了。」王進說。

「是你主動的？」教授說。

「不是，是他主動的。」

「你們單獨見面？」

「是的。」王進說：「不過在我的感覺裏好像不是單獨見面，我有一種感覺，似有人遠遠的監視著我的一舉一動。」

「他知道你來北京的目的嗎？」

「他不但知道我來北京探路，在感覺裏，他似乎也知道我是你們派來的，」王進說：「但我不知道我的這個感覺對不對。」

「他怎麼說？」

「他說我學的是醫學，醫生是一個好職業，千萬不要改行，他似乎言外有意。」

「在你的感覺裏，現在的他與以前的他有沒有改變？」

「我不懂你的意思，」王進說：「什麼有沒有改變？」

「我是指你們之間的友誼。」

「這個……」王進想了一想：「很難判斷，也許吧……但從他肯單獨來見我看，他似乎又沒有。」

「他對現實滿不滿意？」

「假如你指的是他對共產主義思想，」王進說：「我看不出來有什麼變化。」

「那麼你們的兄弟之情呢？他仍願爲你赴湯蹈火嗎？」

「我不知道，也許吧！」

「這是好事情，我們以後還要借重你與他的友誼。」

王進不禁不悅的大聲說：「我可不管你們誰是溫和派誰是主戰派，請你以後別再利用我與徐國助的感情了，國家興亡是大事，是有權有能者的事，我與徐國助都是小人物，你放過我們吧，我也沒能力奉陪你玩這齣戲！」

「你可別自認是小人物啊！」陳說：「徐國助對我們來說很重要，但只有你能釣他出來，因此爲了中華民國，就是你不願意，你也有責任盡義務，我想這也是你逃不掉的責任吧？」

王進一聽，心涼了半截，知道自己眞的騎在虎背上了。

「現在你已是我們的人了，你必須立下信守一切的血誓，明天我就與你介紹這個監誓的人……」陳說。

煩人的聲音

鈴鈴鈴……突然，電話響了！「誰？」王進拿起電話。

「我，謝玲玲！」電話裏一個嬌滴滴的聲音：「怎麼，我們才分別沒幾天，你就連我的聲音也聽不出來嗎？」

「妳在那裏？」

「台北。」

「什麼事？」

「沒事就不能打電話給你嗎？」

「我很忙，妳究竟有什麼事妳就直說吧。」

「什麼事都沒有，」謝玲玲說：「許久未見，聽聽你的聲音、看看你、看看你

美麗的季季夫人，可以嗎？」

「怎麼，妳仍懷恨季季？」

「不！」謝玲玲還是嬌滴滴的說：「我眞的想看看她，那麼多年了，我已不再是孩子了，相信我，我不是來吃醋鬧事的，我已向你保證過我不是惹事生非的人。」

「好吧，」王進說：「今夜，歐羅巴咖啡店如何？」

「你帶季季一起來吧！」謝玲玲說。

王進說著，就換衣下班了，可是一出醫院大門，卻發現陳已等在門外。

「請跟我來。」陳說。

「不，我有約會。」

「只五分鐘。」

王進沒有辦法，只好跟著陳走了。

這一次來到一個更隱密的辦公室，陳隨即取出一堆照片，「看看那些人是你認識的。」陳說。

王進看著那些照片上的人物，只有一個是王進認識的，那就是謝玲玲！

「奇怪，」王進說：「你怎麼有她的相片？」

「我有所有對中華民國不懷好意人的照片！」陳說。

「謝玲玲對中華民國不懷好意？不會吧？倒是她爸爸爲生我的氣，變成了左傾商人。」王進不禁大惑不解。

「根據我們非常可靠的情報，謝玲玲是兩面間諜，她替中華人民共和國與美國服務。」

「什麼？」王進不禁大吃一驚：「兩面間諜？眞的嗎？」

「當然是再眞也沒有啦！」陳說：「她既是美國情報局的人，也是彼岸的線民，她的專責是收集全美國華人所有的動態、某某人的政治思想、個人與公司經濟情況……失戀後的謝玲玲，變化很大，她絕不是與你談戀愛時代的謝玲玲了，你以後要小心她。」

王進從陳的辦公室出來時，覺得天旋地轉，怎麼連那麼單純的謝玲玲，也捲入波濤起伏的間諜裏了？而且還是兩面間諜！看來這個世界不翻轉過來是不行了，那麼就讓這個世界翻轉吧，王進倒要看它翻成什麼樣子！

一犬吠影

王進想不到自己身邊的人物竟是那麼複雜，就連他一向認爲世界上最單純、最沒有心眼、心如玻璃一樣透明的謝玲玲也複雜起來了，眞的可說世界變了——哦，對了，王進不是一直稱謝玲玲是玻璃洋娃娃嗎？那麼她現在怎麼不透明呢？

王進心神不安的回到家中，很意外的，季季早已盛裝以待了。

看季季的樣子，就像是要赴盛宴的樣子。

「季季，妳要去那裏？」王進奇怪的問。

「剛才謝玲玲打電話來，她說你已答應赴她的宴會了，她叫我早點準備好。」

季季有點惘然的說：「怎麼？你不知道？」

「妳上當了！」王進說：「謝玲玲是打過電話給我，但沒有提請客的事，當然也沒有答應赴宴的事。」

「眞的嗎？那麼我眞的上當了。」

「當然是眞的！」王進說：「我不知道她玩這個惡作劇做什麼！」

「唉，我還眞當你與你的舊情人藕斷絲連呢！」季季說：「我一直想看看你的舊情人是什麼樣子，一直沒有機會，同時我也好久沒有這麼仔細的打扮自己了，所以我不能在你的舊情人面前示弱呀，我特別打扮是跟她比比外在美，沒料她竟跟我玩這個惡作劇！」季季似有些洩氣的樣子，說著說著就去卸妝了，可也就在這個時候，電話鈴響了。

「我是王進，請問……？」王進說。

「怎麼？連我打電話給你都要先報姓名嗎？」謝玲玲在電話那頭笑得很得意：「怎麼？嫂夫人打扮好了沒有？何時可以出發？我迫不及待的等著要瞧你美麗的夫人呢！」

「妳還吃醋？妳說過妳不吃醋的，妳爲什麼跟她玩惡作劇呀？」

「什麼惡作劇？我是有心請你們吃飯呀！」

「有心請客也不是這個做法，」王進說：「我今天沒有興趣。」

「今天的飯局你非來不可，」謝玲玲堅持的說：「一來嫂夫人已準備好了，再來我想引見另一個人。」

「什麼人？不去！」王進說。

「我敢向你保證，你我過去的事已經過去了，我不會再翻醋罈子了，今天我是眞心誠意的請你們的，絕不是鴻門宴。」謝玲玲在電話那頭又銀鈴般的笑了起來：「眞的，今天的謝玲玲還是你以前的玻璃娃娃，只是今天的玻璃洋娃娃是從失戀裏醒來的謝玲玲了，你會看到我改變的一面。」

「但也用不著惡作劇呀！」

「這，對不起！」謝玲玲說：「我只當做玩笑，我不知道你會生氣。」

「如果妳眞有事找我，那麼明天來醫院吧。」王進說，王進想起陳的話，更不想吃這頓飯了：「我看飯局免了！」

「嫂夫人都已盛裝準備好了，你怎能掃她的興呢？」謝玲玲說：「再說，今天的宴會我不是只瞻仰嫂夫人，還有別的原因，我說過了，兩個美國來的故人，他們都想見你。」

「美國來的故人？誰？」

「你來了就知道！」謝玲玲說到這裏，電話卡嚓一聲斷了。

王進猶豫起來了，現在是去還是不是去呢？

季季眼望王進的表情，知道王進無意赴約，因此默默不置一語的去卸妝，但是剎那間，王進似乎改變了主意，王進叫道：「季季，回來，我們去！」

王進與季季趕到飯店的時候，謝玲玲已恭候多時了。

原來謝玲玲口中所說的故人，是久違的路青青及交際家的史治安。這兩個美國來的故人，與王進都不陌生，也難怪謝玲玲那麼堅持了。

「我在美國雜誌上常常看見你發表的醫學論文。」路青青對王進說。

「都還要請妳這位心臟專家指教！」王進謙虛的說。其實王進想，這幾年來，路青青自己也很努力，她也是美國頗有時譽的心臟專家。

正在王進這麼說時，剛好一個侍者走過來，王進與史治安不禁同聲的說：「請給這位太太一杯卡布奇諾！」

侍者會心一笑，然後對王進幽默的說：「我記得上次我稱呼這位女士是太太，你矯正我，叫我稱呼這位女士是小姐，現在你又叫我稱呼這位女士是太太，你眞幽默！」

王進只好對著侍者傻笑。

「謝謝你還記得內人的嗜好。」史治安未理會侍者的話，卻對王進說：「我也不知道卡布奇諾有什麼好，只不過咖啡上飄著一層牛乳氣泡嘛，它就能叫一個人終身執迷不悟？」不過王進知道，交際家的話匣子很快的就從卡布奇諾轉到他關心的問題上了，譬如台灣股市起落、台灣經濟環境、台灣商人的大陸投資熱、台灣立法委員的大陸訪問熱、台灣退休高官的大陸回家熱……等等等等，都是台灣事！王進不知道史治安怎麼那麼關心台灣起來，他原不是如此關心台灣政治的人呀！

王進不禁望著史治安，王進突然想到陳的話，因此提高了警覺的小心的應付史治安的這些詢問。

這一餐，一直吃到很晚很晚，因爲交際家的話匣子一打開就關不上了，比較奇怪的倒是謝玲玲，她的話卻不多，她原不是這樣子的呀，王進想，這或者是季季在場的關係吧？

「何時回美國？」分別的時候，史治安問。

「可能沒有機會了，」王進說：「台灣和香港都有許多病人，我分身乏術。」

「美國也有你的病人啊！」一直聲音很少的謝玲玲，在這個時候卻突然叫了出來：「而且你還有一個……」謝玲玲說到這裏時，似乎想起了什麼，因此又強忍下去了。

王進覺得謝玲玲今夜有點反常，王進想，或者是史治安在，或者是季季在，或者是王進在，但王進實在不便說什麼，因此告辭後就駕車直奔家門。

當汽車轉到小巷時，沒料就在這時，一隻狗向著他與他的汽車瘋狂的汪汪汪的叫了起來，王進更沒有料到，單單是這一隻狗狂吠猛叫不要緊，可是緊接著，似乎整個小巷與鄰近小巷裏所有的狗都跟著汪汪猛叫起來了，一時整個巷子都是汪汪的狗吠聲。

王進知道，這些狗吠，只不過是壯自己的膽而已，可是那麼多狗同時狂吠，王進不害怕也有點害怕，因此王進對季季說：「眞是一犬吠影，衆犬吠聲，」

王進倒不擔心這些狗會向他撲來，因爲這些狗都在院牆裏，院牆很高很高，很可能那些狗還被牠的主人用繩拴著，牠們跳出來的機會不大，想來這些狗只是借吠向他示威而已，不過也是在衆犬的吠聲中，王進在黑暗中看見幾個黑影。一閃就失的黑影！

王進不禁一楞：看來這些黑影不是遲歸的路人！那些狗的狂吠，不一定是對他自己！

「怎麼？今天這個小巷那麼熱鬧，」季季說：「這個時候還有人？」顯然季季也發覺這些黑影十分可疑了。

回到家，打開門，王進馬上衝入浴室，然後把水龍頭開到最大，在嘩嘩的水聲中，王進拿起了電話，然後王進壓低了聲音說：「教授，你爲什麼派人監視我？」

「沒有呀！」電話那頭的聲音很迷惘：「你確定有人監視你嗎？」

「百分之百的確定！」

「那麼，這件事交給我辦，」教授說：「我也想知道什麼人監視你。」

衆犬吠聲

現在，王進與教授坐在陳的辦公室裏，面對著銀幕上幻燈機一張張放出來的照片。

「這些人我都不認識。」王進說。

「我想這些跟蹤你的人，必是另一派派來的。」陳說。

「另一派？」王進不懂的問。

「我們跟蹤那些跟蹤你的人，我們到現在還沒有得出結果，」教授說：「我們不知道他們是什麼人，我們也不知道他們爲什麼跟蹤你。」

「那你就抓一兩個問吧。」王進說。

「不行，我們不能打草驚蛇。」陳說。

「那你想怎麼辦？」

「我想，他們只是跟蹤你，至少目前對你還沒有什麼大礙，因此你不用擔心你的安全問題。」陳說：「再說，你的安全問題就是我們的問題，我們已有人反跟蹤他們了，如果你有危險，他們自會在你安全受到危脅的時候現身，現在我們要做的就是等著他的下一步。」

「那你豈不是把我當餌呀？」王進說。

「如果你那麼想，我也沒辦法，爲了要找出他們背後的人，看來你必須忍了。」

陳說：「今天我們請你來，原不是爲這件事情，今天我另有事情相請。」

「果然是圖窮匕見！」王進說：「有什麼事，你就快說吧。」

「我知道你下星期又要赴北京開醫學會議，」陳說：「我想，我有另一件事要你辦。」

「準不是什麼好事！」王進說：「上次是探路的密使，這次又是什麼？」

「開會！」

「開什麼會？」

「開會就是開會。」

「跟誰開會？」

「事情是這樣的，」教授終於插嘴進來：「上次你探路成功，這次雙方就要派出代表會談了，你理所當然的是我們的代表之一。」

「你是說有很多人與我同去？」

「這是國家極秘密的會議，所以參加的人不多，在我們這邊，連同你只有三個人。」

「另兩個是誰？」

「蘇先生與趙小姐。」

「我是醫生，我缺乏談判的技巧，因此我不是適合的人選，你們不能派別人去嗎？」王進說。王進不是不願開會，而是王進知道，一旦去開會，這件事就沒完沒了，以後想抽身都難了，與其開始，不如不開始。

「這些我們都考慮過了，」陳說：「我們知道你沒有經過談判訓練，這是你的缺點，但也不正是你的優點嗎？因為對方可能比較容易相信醫生的話，而不容易相信政治人物的話……再說在這個會議中，主談的是蘇先生，你與趙小姐都是配角，你可以少發言，甚或不發言，只用眼睛。」

「那麼你派我這個廢人去幹什麼？」

「你專心做會議紀錄吧！」

「派我去只是做會議紀錄？」王進很不高興的問，因為陳錯把一個心臟權威當做銅錢。

「沒辦法，」陳說：「這是上級決定的，不是我。」

「上級？上到那一級？」

「這件事，你說看，除了上級，還有那一級才是上級？誰有權敢做這種決定？」

「但爲什麼一定是我呢？」

「因爲我們相信你，也因爲你的身分不容易叫人起疑，這就是原因，」教授說：「而且我有一種預感，這次秘密會議開始之後，如果雙方眞的有誠意，以後還會有許多次秘密會議，因此我們借重你的機會就更多了……王醫生，看來你在台北與香港兩地都有工作外，在北京也快要找一份工作了！」

「而且除了上級的命令外，」陳嚴肅的說：「我自己也有一個工作交給你。」

「什麼工作？」

「徐國助！」陳說。

「怎麼？又是徐國助？」

「派你參加秘密會議是我推薦的，但我推薦你的原因只有一個，那就是徐國助，」陳說：「徐國助才是我工作的重心，我必須抓住他的一舉一動，因此你必須經常赴北京，經常接觸他，這樣我才有他的資料，而你經常奉派赴北京開會，這正是接觸他的很好的理由，而我也只有你一個人才能跟他接近，如果日後你眞能經常赴北京，那麼徐國助這個人我就全交給你了。」

王進聽到這裏，不禁倒抽一口冷氣，王進無意政治，可是自釣魚台列島大示威，王進就捲進政治裏了，王進無意捲進間諜裏，今天卻也捲進了，而且更糟糕的是王進捲進的政治還是不能透光的秘密政治！

王進現在必須沈思後果：如果有一天，陳交給他的任務是暗殺徐國助，他也要聽命令嗎？

在回家的路上，王進不禁嘆息自己的命運，眞是不知道是不是生不逢辰，怎麼那麼多自己不願做的事全都堆在自己的身上？沒料想著想著，忽然眼睛一花，看見小巷裏都是黑黑晃動的人影。

緊接著這些黑影，一隻狗咬緊了他的腳步聲，開始對著他狂吠猛叫，然後巷子裏巷子外所有的狗也跟著狂吠起來。

王進想，看來這些狗又在重演每個夜晚都要上演好幾次的拿手好戲了，王進知道自己也已被這些狗狂吠的「訓練有素」了，王進應該不害怕才對，可是這今夜可不是一隻狗兩隻狗的狂吠，而是好幾十隻狗，也或者上百隻狗的狂吠。王進想，人在心虛的時候，還是會有點怕怕的，因此王進雖然知道那些狗在黑暗裏是以吠壯膽，但是王進還是有點害怕起來。

王進急著回家，因此狗吠聲久久不落，王進想，那些狗膽也眞小，還要吠到什麼時候呢？王進再一想，不對，也許這些狗吠不是對著自己，不知道這些狗是不是對監視著他的黑影狂吠呢？所以牠才要吠那麼久？也或者這些狗只是吠其他狗吠的聲音也說不定，但是一片狗吠聲，王進的無奈似乎更無奈了，此時此刻，人膽竟小過狗膽！

三見北京

中華民國與中華人民共和國的秘密會議越談越熱，王進又假醫學之名，到了北京。

王進自知不是秘密會議的主角，因此倒也輕鬆起來，何況主人供應的美食美住還眞不錯，王進也樂得享受享受了。說眞的，王進還眞的沒有這麼輕鬆過，不論在美國、在台北、在香港，三更半夜總有病人緊急的電話聲，這些電話常常打斷他的清夢，而現在，這些電話都遠離他了。

醫學研討會又開了三天，就隆重的匆匆結束了，下面登場的就是兩岸密使的秘密會議了，王進不是政治界裏的人物，對政治的事所知又少，再加上王進又不是秘密會議主談的人，因此王進幾乎不用開口，但使王進吃驚的是，雙方主角所談的內容，都是媒體從不知道的事，更不是一般人知道的事，在這裏，國家機密好像是肉案上待賣待買的肉，可以論斤稱兩。王進想：台灣應該只關心台灣的安全呀，可是在這秘密會議裏無人提這個問題。王進想……

「王醫生！」會議休息時間，許先生說。

許先生是這次秘密會議對岸中華人民共和國的首席代表，他應該是一個和靄的好人：「我知道你是心臟科權威，你在美國、在台灣、在香港，都極有聲譽。」

「謝謝你，」王進謙虛的說：「那只是別人說說罷了。」

「現在國內也正在這一方面努力，也已有了不錯的成績，不過仍進步很慢，」許先生說：「我倒希望你能常常回國講學，我眞希望我們經常能在這一方面向你討教。」

王進忽然想起陳的話，陳不是叫他想辦法多留在北京嗎？因此他的話正中王進下懷，所以王進趕快說：「是的，是的，我也是這樣想，我早就聽說你們已成功的用絲研製出人工血管，這是很了不起的成就，如果我能把你們的人工血管應用在心臟病上，我想這對千千萬萬的心臟病人必是福音，如果眞有機會，我倒眞想向你們學習……只是……只是……我一直苦無機會。」

「爲什麼沒有機會？」

「我跟你們的醫學界沒有什麼來往，因此搭不上。」

「啊，原來是這樣啊？」許先生說：「這個問題我來解決。」

三天的秘密會議只不過是雙方摸底的試探而已，因爲誰也不信任誰，誰也不相信誰，但有一點王進是可以確定的，那就是中華人民共和國天天高叫對台灣不放棄以武力統一的同時，一時之間還沒有對台灣用兵的打算，但是中華人民共和國對台灣統一的急迫感，卻躍然秘密會議之上。王進想，這或者也不能全怪他們，因爲台灣獨立的聲浪越來越大了，中華民國總統李登輝對日本記者司馬遼太郎的談話，加重了中華人民共和國的急迫感，後來的修憲、廢省、一連串的行動，再再的加強了分離運動，如今有台獨主張的陳水扁當選中華民國總統，中華人民共和國又怎不更心急呢？因此就把武力統一叼在嘴皮子上了。中華人民共和國的軍力遠大於中華民國十倍以上，中華人民共和國站在絕對優勢的軍力下，如果眞打起仗來，勝算自大，所以中華人民共和國自不會輕易的允諾放棄武力。不過這次密談雙方的氣氛很好，比第一次密談時還好，雙方就是各自堅持己見，在態度上也是非常客氣的，更何況這些秘密會議還是中華人民共和國主動要求的呢？

醫學會議只開了三天，秘密會議也開了三天，也即王進到達北京的第七天，王進就完成這一次北京之行所有的任務了，只除了還沒有見到徐國助外，但徐國助顯不顯身卻不是王進所能主動的。

王進正準備賦歸，未料突然有人持名片要求見面。是方圓城院長。

王進似乎聽過他的名字，也似乎曾在某一次應酬或什麼醫學會上見過面，只是王進一時想不起來曾在什麼時候見過面。

「我們聽說你有意爲我們的心臟病學研究出力，我們高興得不得了，」方圓城說：「喏，我連夜就把聘書擬定了，這張聘書永遠有效，你什麼時候來都可以。」

「謝謝你。」王進接過聘書。不用說，王進心裏自然明白，這張聘書一定是方圓城奉許先生的命令發下來的，因爲只有許先生知道他有與北京醫學界合作的心意，但王進也不禁嘆息，不知道許先生已在他的身上花了多少功夫了，就連他最秘密的心意——連季季都還不知道——許先生也已知道了。

但是王進剛剛送走了方圓城院長，電話又鈴鈴鈴的響了。

「王進。」王進說。

「我是小癩子。」

「小癩子？」王進幾乎驚訝的快要跳起來。

王進這一次來北京，雖然很想再見徐國助，可也沒有打算非與徐國助見面不可，陳也沒有向他提出非要見徐國助的要求。王進總覺得他與徐國助所站的政治立場完全相反，如果他頻頻與徐國助見面，並非十分好。王進倒不覺得他與徐國助見面對自己有什麼不好，王進擔心的是徐國助，因爲一個弄不好，一頂「右派」或是「私通敵諜」的帽子，隨時隨地都會向他扣下來，那可是一件大事，他就必然吃不消的兜著走了。王進絕不願爲他惹這身禍。

「你是明天晚上離開北京吧？」徐國助問。

「是的。」王進說。王進當然知道，他在北京的一舉一動，徐國助不可能不清楚。

「那麼我想見你。」徐國助的聲音似乎是迫切的。

「好，什麼時候？」

「中午，老地點。」徐國助說到這裏，電話就斷了。

王進當然不會追究電話中斷的原因，但王進實在想不明白，他既是中華民國派來的密使，他的一舉一動一定都有人監視，徐國助要見他，豈不是自暴身分？那麼徐國助爲什麼甘冒暴露身分的危險也要與他見面呢？他是不是眞的像陳說的，他已有什麼困難？可是電話神龍見首不見尾，王進想：「一定是徐國助有什麼不得了的大事了？」王進不想向下面想下去了。

王進隨便找了一個漂亮的藉口，次日的中午就來到了八達嶺的萬里長城。

王進當然知道「老地方」，因此王進向那比較陡峭的一段萬里長城拾級而上，王進像有默契似的。王進知道，在那最高最大的烽火台下，那裏有一個自他們兒時起就少有人去的秘密的地方，是他們兒時的最愛，徐國助一定在那個地方與他相會。

果然，像上一次一樣，陡峭的長城幾乎使所有的觀光客止步了，現在那已有的寥寥的遊客也只是忙著喘息，因此對王進並不注意，王進也就乘這些人不注意時，一個閃身，走入已半傾的烽火台古道，隨即再一個閃身，掩沒在萋萋枯草裏。

秋天的枯草，幾乎埋沒了王進的頭。

王進穿過古道、枯草，徐國助果然等在前面。

「國助！……哦……國助！」王進叫著，就像王進當年那樣的叫著。王進覺得，這一次應該是真正的兄弟相逢。半個世紀來，王進已沒有那麼熱情的叫他了，中國政治的冷血，已使許許多多中國人父母與子女、子女與父母、兄弟姐妹與兄弟姐妹之間的血也冷了，但王進覺得，自己無論如何，對徐國助的血不會冷的，不過王進也知道，他的熱情不能在公開的地方表現出來，但今天、此時此刻、在只有他們兩個人的時候，在經過大風大浪的半個世紀之後，應該是決堤的時候了，因此王進一聲比一聲更見眞情。

但徐國助的反應卻是冷冷的，甚至可說是非常非常冷：「你爲什麼又來北京？」

剎那間，王進愣住了。

「快回去吧！以後也永遠不要再來了！」

「爲什麼？」王進恢復了冷靜。

「你是好醫生，」徐國助說：「政治不是你的專長，你也不是好的政治人才，更何況你現在搞的是秘密政治？你快回頭吧！」

「但這不是我選的，我是被逼著走上這條路的呀！」王進說。王進差一點叫出來：「都是你！都是你這個混蛋的徐國助！要不是你是你們中的溫和派，陳與教授都不會看上我，也不會想到我，那麼他們也壓根兒就不會派我來北京了，那麼我壓根兒更不會充當密使了，我今天所做的這一切都是你害的呀，你知不知道呀？」但……還好，王進並沒有把心裏的話叫出來。

「好了，我不能全責怪你，今天這個時代嘛，有時總有我們不稱心如意的，也有我們不能抗拒的，」徐國助說：「不過爲了你好，我仍然勸你以後不要再來北京了。」

「爲什麼？」

「因爲你有危險。」

「你們會逮捕我？」

「不瞞你說，有這種可能，」徐國助說：「但你的危險不只在我這一方，在你的那一方同樣危險，甚至更危險。」

「這，怎麼說？」

「你隨時會面臨著被自己人出賣的命運。」

「你怎麼知道？」

「別問我怎麼知道，我不會把情報來源告訴你。」

王進不解的說：「我這次來，是應你們的邀請而來的，雖然是秘密的，但也是你們的客人呀，你們應該不會翻臉不認人呀，所以你們應該不會抓我……在我那方，知道我另外有秘密任務的人只有兩個，他們都很信任我，他們應該不會出賣我，就是他們出賣我，頂多把我的名字洩露給媒體，媒體頂多熱鬧三天，然後就沒事了，因此應該只有麻煩，沒有危險。」

「信不信由你，聽不聽也由你，反正我已經說了，不是我不預先通知你。」

「你怎麼那麼確信我有危險呢？你看出什麼苗頭了嗎？你有證據嗎？」

「幹我這一行的，最不喜歡的就是證據，我的嗅覺就是我的證據。」

「那麼，謝謝你，我相信你的嗅覺，我不會再來北京了。」

王進並沒有在萬里長城停留很久，在下午返回旅館後，就早早的奔赴機場了，原因是王進不想見到送行的人，免得洩露行藏。

可是還是功虧一簣，還是有送行者等著，他是方圓城院長。

「祝你一路順風，」方圓城院長說：「我眞希望我們很快的在北京再見！」

王進向方圓城院長揮了揮手，心裏卻不知道是不是會再在北京再見，也不知道再見到時的北京又已是什麼樣子。

清流之治

自王進從北京回到台灣之後，又是很久很久了，奇怪的是，劍拔弩張的海峽兩岸，炮口雖然還是對著炮口，可是還是沒有發射的跡象。中華人民共和國也眞怪，台灣每選舉總統一次，中華人民共和國就重申武力統一中國一次，而台灣也更怪，明知不是中華人民共和國的對手，就連中華人民共和國打個空包彈過來，也能把台灣嚇得半死，可是開票的結果卻是台獨的力量又大一次，與中華人民共和國的期望完全相反，王進眞的不知道台灣是準備打還是準備談。台灣要保持現狀，但台灣若堅持現狀，或者宣布獨立，就只有面臨中共武力的挑戰，這是中共說了又說的，信不信由你。

「你煩惱這些問題幹什麼啊？」張醫生常常對王進這樣說：「你是醫人的，不是醫國的，那些國家大事，自有別人處理。」

張醫生也是世界知名的心臟專家，也是一個著名的醫學院院長，這個醫學院在台灣是頂呱呱的，因爲他的醫學院集台灣最聰明最有學問的腦袋，因此在新台灣人中地位崇高。以張醫生他在中外的知名度，以及在新台灣人社會上的清流的形象，他本有很多入仕的機會，可是他卻以清流自居，什麼官位也不要，寧願做個醫學院長而自足，不過說眞的，他並不是什麼也不要，他要的是頭銜，如某某召集人、某某國策顧問等等，不過張醫生是不是眞正的清流，王進並不十分清楚，因爲論人品、論專業學識、論專業熱忱，張醫生自然都是一流的，但在另一面，張醫生卻常常挾其在社會上的高知名度，蒐集許許多多「召集人」的銜頭，並以某某召集人的頭銜睥睨同儕，因此張醫生這也是「召集人」、那也是「召集人」，有時一些新的團隊還未組成，張醫生已經自認是這個團隊的「召集人」了，他一個人就擔任了好幾個已成立及未成立的團隊的「召集人」，張醫生好做領袖好到如此！

在張醫生所擔任的「召集人」中，有些當然是要眞的幹事的，就好像台灣九二一地震之後，各界善款湧來，因此出現了一些救災的社團，這些社團手握龐大的善款，而且救災如救火，當然要幹事，因此擔任這樣的「召集人」，並不輕鬆，不過大半「召集人」，只是一個好聽的掛名，也有些「召集人」的銜頭，更莫名其妙，幹了沒有一個月，團隊就解散了，那麼換一個名再搞另一個「召集人」幹，總之幹來幹去他都是「召集人」，列如陳水扁先生當選中華民國總統後，立刻有一推自命清流的人組成團隊，要幫陳總統選擇行政院長，這些清流也太可愛了，他們竟然認爲陳總統沒有能力自己選擇行政院長，但這個「召集人」也是某某救災「召集人」，可是地震已經一年了，仍還在救災，按理說，各界捐贈的善款，目的是爲緊急救災之用，以補政府的救災之不足，因此頂多不過三個月，等政府上手之後，民間的救災就應結束，因爲救災是政府的工作，民間可以補政府的不足，但不是永遠的補政府的不足，而且也不是救濟政府的不足，所以民間救災的工作三個月已足，所有民間組成的救災團隊應以三個月功成身退爲目標，但張醫生組成的救災團隊，一直到一年後的今天還在「救災」，而且王進還聽說這個「召集人」手中仍控制著大半各界捐贈的救災善款而去另搞不是與救災有關的事，王進眞的不知道這位「召集人」要救災救到何時？王進常常想，台灣已在濁流裏太久了，老百姓眞的希望社會有一股清流能注入政府，爲政府帶來清流之治，但這些清流似乎只想當「召集人」，你說有什麼辦法？

「哼！這是什麼清流呢？」王進想：因爲「召集人」是不必向政府負責的，也不必向社會負責的，更不必受任何人監督，以自己的名望找幾個名望不及自己「清流」湊一湊，自己就是「召集人」了，就可以自命永遠的救災「召集人」了。

王進想，清流應該是沒有領袖的，一旦清流裏面有了領袖，那就不是清流了，倒是濁流裏需要領袖，因此有領袖的清流與濁流何異？但是今日的清流非常聰明，自知清流沒有領袖，有辦法的清流化身為召集人，無形中自命是清流的領袖，社會不察，許多許多人也跟著「召集人」右、「召集人」左起來……

「但是別人處理不好，我就又要逃難了。」王進說。王進言歸正傳的說。王進想起以前逃難的日子，心裏就怕怕的，可是今天許多叫著激昂口號的人，絕大多數都沒有經歷過逃難的日子，甚至他們的字典上還沒有「逃難」這兩個字。

「王醫生，」張院長說：「不是我說你，現在是什麼時代了，你還要逃難嗎？假如中華人民共和國的飛彈──我說的是眞的飛彈，不是空包彈──打過來，像你我這樣的人，在國外又不愁吃不愁居留的，買一張頭等飛機票一走了之，一樣也可以在海外安安穩穩的做寓公，不是什麼問題都解決了嗎？」

「但是買不起飛機票的人與外國不肯收留的人怎麼辦呢？」王進說。

張「清流」不說話了。

近些年來，王進目睹中華民國的經濟越來越起飛，也目睹中華民國越來越富裕，可是也目睹中華民國富裕的社會卻越來越不安，中華民國創造了一個經濟奇蹟，但中華民國也同時替自己創造了一個困局，那是內心的空虛，因此中華民國在各方面都需要英雄，清流就是今日的英雄，清流的「召集人」，當然就是英雄中的英雄，因此贏得社會馬首是瞻，特別是在長期濁流裏，社會盼望清流久了之後。

在政治上，在明裏，黑社會「英雄」不但進入議堂，還能高居議長或副議長之位，非但如此，這些議長還敢公開開槍殺人，可見妄爲到什麼地步，可是有些人爲了選票，還曲意討好這些人，或與這些人一起站台，不以濁流爲恥；在暗裏，官員包庇黑金，就連身爲總統的人，房子事件也公然受到全國人的質疑，其他等而下之的，就自可想見了。這些「黑英雄」控制著中華民國政治的動向，自然叫敢怒卻也沒有辦法怒的社會大衆感傷，因爲這不是台灣社會所需要的眞正英雄。台灣社會不是沒有眞正的英雄，但眞正的英雄禁不起磨損，壯志未酬，就匆匆的被趕下台了，結果變成了殞星。那麼誰還是台灣眞正的英雄呢？王進細數經常在媒體上走來走去的人物，王進不知道！不知道！不知道！假如一定要王進指出台灣今日的英雄，大概就非是清流的「召集人」莫屬了，但……唉……像張「清流」這樣的清流領袖，當得起新台灣人尋尋覓覓的英雄嗎？

王進的牢騷歸牢騷，不過由這個秘密會議所見，王進似乎還是感覺的出來，中華民國與中華人民共和國的兩個高層，似乎都對上次的秘密會議非常滿意，因此在這次秘密會議之後，馬上安排下一次的秘密會議，王進猜想，就可能是下一次的秘密會議正緊鑼密鼓的策劃，陳又叫他再準備赴北京之行了。

「怎麼又是我？」王進說。

「沒辦法，這種事知道的人越少越好，你的頭已經洗濕了，再退出已不可能了，」陳說：「你再勉力這一次，下一次我一定想辦法換人。」

「好，這是最後一次了！」王進無奈的說，但隨即想起了徐國助的警告，因此順口問：「這一次有危險嗎？」

「應該沒有危險，說不定比上一次還順利，」陳說：「不過我不敢向你打包票，幹我們這一行的，每一個任務都是提著腦袋上陣的。」

「那麼你還要我跟徐國助拉近距離嗎？」王進說。

王進這麼說，因爲王進心裏已有鬼了。自王進上次從北京返回之後，一直到今天爲止，王進並沒有把徐國助的警告告訴陳，當然更不會把他的危險可能來自自家人的成份告訴陳，因爲自徐國助向他提出警告後，他仔細觀察陳的說話與陳這個人，王進發現他在某些方面「怪怪的」，可是什麼「怪怪的」，王進一時又說不上來，反正「怪怪的」就是「怪怪的」。也自王進有這種「怪怪的」感覺之後，王進自己就告訴自己，以後不能再對陳推心置腹了，這是王進立意隱瞞陳的原因。

「當然！」陳說：「這也是我們非你不可的原因。」

「好吧，」王進無奈的說：「出發前我會把遺囑交給你，另一份交給季季。」

北京、北京

這一次，參與秘密會議的，又是同樣的三個人，不過爲了遮人耳目，三個人分別從不同的地方、不同的飛機、經不同的國家、但在同一天到達北京。最有趣的還是趙小姐，她對家人說她到香港爲的是買衣服，爲了圓謊，此刻眞的大包小包都是時裝。

會議還是在很客氣、言談很有禮中進行，但是一到關鍵問題，雙方都咬文嚼字起來，譬如「一個中國」問題，可以寫成「一中一台」、「一台一中」、「台獨」、「獨台」、「一個中華民國與一個中華人民共和國」、「未來進行式的一個中國」、「兩個獨立的特殊國家」、「一個在台灣的中華民國與一個在大陸的中華人民共和國」、「一個中國，各自表述」、「各自表述一個中國」等等等等，王進不禁想起了中學時學作文的兩大禁忌：「不無病呻吟，不故做語不驚人死不休」……哦……哦……哦，現在究竟「一個中國」是原則或者還是議題，王進也搞不明白了，王進要先推敲推敲才能決定。

會議難，「作文」也難，但這就是秘密會議的主題。

王進最不喜歡與他同來的蘇先生，因爲他自恃一人之下，萬人之上，是「高層」的「高層」，因此自恃有金鐘罩護身，什麼人也不放在眼裏，因此在台灣時就因爲睥睨文武百官之上，今天罵這個，明天罵那個，得了一個「一常罵」的渾名，蘇先生幾乎與宦官趙高齊名，現在蘇先生認爲「老闆」不在眼前看管，當然更睥睨在王進與趙小姐的頭上，那就更不用說了，但奇怪的是，「一常罵」對對方主要的談判對手許先生，卻一個勁兒的哈恭彎腰，那種卑賤之情，王進不忍卒睹，王進覺得他連政客都比不上，簡直是不入流了。

這樣的談判，王進不知道能談出什麼結果來。

鈴鈴鈴……電話響了。

王進猜想這或者是徐國助打來的，因爲只有他知道他又來北京了。

「王進。」王進說。

沒料電話裏是一陣銀鈴一樣的笑聲：「哈哈哈，猜猜我是誰？」

「謝玲玲！」王進驚訝得大叫起來：「妳在那兒？妳怎麼知道我在北京？」

「你又沒有隱身術，是不是呢？」謝玲玲還是笑的很得意：「告訴你，你來旅館的那天，我就在大廳裏看見你了，只是來不及跟你打招呼你就不見了。我就住在你頭頂上的一層。」

「怎麼那麼巧？」王進不相信的說。

「現在北京又沒有醫學會議，你來北京幹什麼？」謝玲玲顧左右而言它。

「我正……正……接到方圓城院長的聘書，」王進吱吱唔唔的說：「我是先來……先來……看看環境，再決定怎麼辦。」

「那麼怎麼不帶季季來？」

「她不喜歡北京。」

「我想見見你。」

「哦……不行！不行！」王進趕快說：「我是說現在不行，我很忙，我與方院長有許多約會，過幾天吧。」

「喝杯咖啡也不行嗎？」

「下次吧。」

「一直到現在，你對你的舊情人還是很狠心。」謝玲玲說。電話也就掛斷了。

「好險！」王進在心裏說。王進原以爲他是悄悄的來的，應該沒有人知道，卻沒有料到還是被謝玲玲發現。陳曾警告過他，陳說謝玲玲很複雜，她可能已是美國情報局的線人，那麼王進想，謝玲玲在這個時候不早不晚的出現，眞的是無意間被她闖見呢？還是她是跟蹤來的？她是監視我、還是她已經嗅出海峽兩岸已經在搞秘密會議的事了？王進又想：這件事回去後是不是要報告給陳知道呢？

一連三天的秘密會議，在「各自表述」中，又是很有禮貌的結束了，雙方都要把對方提出來的問題拿回去請示，雙方唯一的共識就是「沒有共識」，不過雙方對再次與會的興趣不減，因此又訂下了再見面之約。

趙小姐因為是到香港「買衣服」的，當然不能久留，因此會議一結束就帶著大皮箱中皮箱小皮箱一大堆皮箱回台灣去了，「一常罵」卻不急著走，因為他是「高層」，中華人民共和國覺得他可利用的價值較大，因此北京對他相當阿諛，所以他還要多留幾天，繼續享受帝王招待；王進也不急著走，因為王進等徐國助的電話。

王進有許多心裏的話要告訴徐國助，因為他心裏的疑點越來越多了，這些疑點不一定關係兩岸，而是做人的價值；在現代社會裏，人的真正價值越來越沒有人注意了。王進覺得這些疑點也許只有徐國助能幫助他，因為王進現在相信他的身邊只有徐國助一個人會向他講眞話。

一天，徐國助沒有電話。

兩天，徐國助沒有電話。

三天，徐國助沒有電話。

王進知道，他不能再等下去了，因爲如果徐國助願意現身的話，他早就出現了，因此王進打算當天就離去，可是，正在這時，電話卻鈴鈴鈴的響起來了。「一定是徐國助！」王進想。

王進拿起電話：「我是……」

王進正想說他是王進時，沒料電話那頭卻是女人輕柔的聲音：「果然是王進！王進，你好嗎？」這不是謝玲玲的聲音！

王進趕快說：「請問你是……」

「你眞是貴人多忘事，」電話那頭輕柔的笑起來了：「你連我的聲音都聽不出來了嗎？我是路青青啊！」

「啊，怎麼是妳？」王進嚇了一跳。

「怎麼，不能是我嗎？」路青青詫異的問。

「我是說妳怎麼也來北京了？」王進自知失言，因此趕快說：「我是說……妳……妳怎麼知道我的電話？」

「你以爲你神秘呀？」路青青笑的更得意：「這家旅館一點也不複雜，只有像你這樣的名醫住得起，我昨天在餐廳裏就發現你了，我本想跟你打招呼，可是我的面子比較薄，我不知道你願意還是不願意見我這個舊情人，我怕當場被你奚落，所以我還是決定今天打電話給你。」

「我當然很希望見妳呀！」王進說：「史治安與妳一起？」

「沒有。他沒來。」

「可是我今天下午就離開北京了。妳呢？」

「怎麼那麼巧？我也是今天下午！你去台灣？」

「是的，台灣！」

「哎呀，我們同路！還可能是同一班飛機！我們還眞有緣份呢！」路青青叫了起來：「你看這樣好不好？十分鐘後我們在旅館的咖啡廳見面，我記得我們已很久很久沒有見面了，也應該有很多話聊聊，是不是？」

王進知道，這一次他不能拒絕了，因此只好說：「好！」

十分鐘後，王進走進咖啡廳，路青青已在那兒了。

路青青望著遲進來的王進，輕輕倩兮巧笑的說：「王進還是王進，王進多年的習慣還是未改，每次約會，總是女生先到。」

「給太太來杯『卡布奇諾』！」王進未理會路青青的幽默對恭候的侍者說。

「你還叫我太太？」沒料路青青還是倩兮巧笑的說：「你不知道我已與史治安離婚的事嗎？」

「那麼給小姐來杯『卡布奇諾』！」王進吩咐侍者。

「你現在好像眞的孤陋寡聞了，」路青青笑得更厲害：「你不知道我與史治安離婚以後不再喝『卡布奇諾』了嗎？」

「那麼給小姐來杯『濃縮』！」王進吩咐侍者。

侍者老大不高興的背對著王進低低的說：「一會兒太太，一會兒小姐，一會兒『卡布奇諾』，一會兒『濃縮』，這個人那麼老了，連談戀愛都還弄不明白方向，這樣談戀愛，不知道要談到什麼時候才能成功！」當然侍者相信王進是聽不到這些話的。

「抱歉，」王進對路青青說：「我不該提起妳不愉快的事。」

「其實離婚也不一定是什麼不愉快的事呀，何抱歉之有？」路青青說。

「我還是覺得抱歉。」王進說。

「其實我早就知道我是沒有人要的人，我跟你談戀愛，你最後不要我，我又跟別人談戀愛，最後別人也是不要我，我跟史治安談戀愛，史治安雖接受我，但是只是很勉強的，因此今天有這樣的下場，我並不意外，我也不覺得有什麼難過，只是我沒有想到那麼快就散場而已。」

王進面對這樣的局面，不知道說什麼好，因此只好說：「喝咖啡吧，妳的『濃縮』冷了！而且上飛機的時間也到了。」

路青青果然把咖啡一飲而盡。

「還是你對我好，起碼你還知道我的咖啡冷了，」路青青在飲盡咖啡後說：「因此你還是關心我的，對不對？那麼請你告訴我，當年你爲什麼不娶我？」

辣妹

王進又重回台北，覺得是「脫險」，因此不再想北京的是非了。

王進自北京回來後，除了不得不去醫院的上下班外，就謝絕一切應酬足不出戶了，因爲王進看透了人性、政治、政治家與政客，更不喜歡見到陳與教授這兩個間諜，但是王進自知這樣的躲避是沒有用的，因爲有些人就是有無孔不入的本領，王進自知，陳與教授都不會輕易放掉他。

果然，當王進正要下班的時候，教授等在王進下班的路上。

「辣妹有請。」教授說。

「辣妹？怎麼又是她！」王進說。「辣妹」是一個化名，代表比陳的職位更高一級，但究竟有多高，王進就不清楚了，王進每次從北京回來，有時辣妹也會召見他，要他報告一些會議所見所聞，不過王進卻很清楚的知道，王進的一舉一動，不論是在台灣、在香港、或者是在北京，辣妹都很清楚。顯然辣妹身邊另有人把他的一舉一動都報告給辣妹了。也許辣妹是一個比陳更神秘的人，這些年來，王進只見過辣妹兩三次而已。

說眞的，王進並不想見辣妹，不想見的原因卻是辣妹太年輕、太漂亮、太聰明、太能看透人性。看透人性是辣妹很厲害的武器，王進在辣妹面前常常覺得無所遁形。王進自以爲自己是心臟權威，是最瞭解心臟的人，可是在辣妹面前，這些只不過是雕蟲小技罷了，辣妹有能力只憑幾句話就看穿一個人的心，使它完全透明。辣妹的漂亮似乎也是一種很厲害的武器，有時王進不想跟她說話，或者有些不關重要的情節想簡略掉，那時辣妹漂亮的臉蛋上立刻有一股莊嚴的美流露出來，王進面對這種美就不得不把想簡略掉的部分也全吐出來了。

辣妹那麼厲害，那麼辣妹一定很老很老，年齡很大很大了吧？不！不！全不是的！王進雖不知道她確實的年齡，但以醫生的經驗判斷，辣妹頂多也不超過三十歲。

王進佩服辣妹的就是這一點，那麼年輕的人就能把人看透，這是王進做不到的；那麼辣妹一定很凶吧？哦，這又完全錯了，如果辣妹站在最佳母親選拔行列裏，不是冠軍也應該是亞軍……王進一點也想不出來，以她那麼漂亮的人，怎麼也幹這種秘密工作，眞是造化弄人！

「咱們好久沒見了。」辣妹說。辣妹說這句話時，是在辣妹的辦公室裏。

奇怪，這次與辣妹見面，只有王進與辣妹兩人，以往王進每次與辣妹見面時，陳必定在場。

「是的，咱們真的很久沒見了，」王進說：「不過說真的，我並不想見妳。」

「為什麼？我太凶？太醜？太冷血？太渾蛋？」

「都不是的，妳太美。」

「人人都喜歡美，為什麼你不喜歡美呢？」

「妳的美會使我自慚形穢，會使我增加額外負擔。」王進實話實說。

「你的口才跟你的手術刀一樣美，也是你的負擔嗎？」

「當然，」王進說：「人家說我是心臟權威，因此每一個病人都對我的期望很大，可是我不是神，不能能使每一個心臟病人復生，每一個失敗的案例，對我都是負擔。」

「我今天請你來，就是看看你的負擔。」辣妹說。

「我早就預料到妳要增加我的負擔了，而且是比平常更大的負擔，是不是呢？」王進說。

「是的，因為你太聰明了。」辣妹的雙眼突然閃著疑問的光亮。

王進知道，那是辣妹的絕技，她能用她美麗的眼睛像逼供一樣的逼出她需要的眞相，而不需疲勞轟炸，這就是王進畏懼她的原因……不過這一次王進不再害怕辣妹的眼睛了，因爲當王進走進辣妹的辦公室發現陳不在場的時候，早已預料到這一次的見面是與往日不同了，那也就是說，現在辣妹所交付給他的事情，陳與教授不一定知道。

辣妹爲什麼繞過陳呢？王進不知道，也不想知道，但知道一定有原因，而這原因是他不便問也不能問的，就是問了，辣妹也不會實說，那麼又何必問呢？

王進沒有回答辣妹的話，只是不停的想、不停的思索下一步。

「像你所猜想的，」辣妹在久等王進的回答而沒有下文的時候，只好自己接著說：「果然有一個重要的工作交給你。這是秘密的，只有你知道、我知道，陳與教授都不知道、你也不能告訴他們。」

「什麼任務？不是又派我去北京吧？」

「與你想的剛好相反，」辣妹笑盈盈的說：「我要你在未來的十天中，那裏也別去，就是去醫院，也要準時去準時歸，其餘時間你只守在家中等電話。」

「等誰的電話？心臟病人的電話？」

「等徐國助的電話！」

「徐國助？妳怎麼知道他一定會打電話給我？」

「徐國助來台灣的事，你不知道嗎？」

「知道，知道，我當然知道！」王進說：「徐國助率領國劇團來台灣文化藝術交流的事，媒體上已經登出來了，據說這還是台灣邀請的呢，這件事人人皆知，我怎麼會不知道？我和季季還買了票準備欣賞呢！」

「我是說徐國助親自率團來，他爲什麼親自率團來？」

「這很平常，他是劇院院長，而且以往他也常常率劇團出國。」

「我是指這一次。」辣妹說：「根據我的情報，徐國助所領導的溫和派，因爲表現得太軟弱，常常受主戰派的攻擊，現在中華民國總統大選之後，選出來的人對溫和派很不利，這給主戰派更大的藉口，因此主戰派對溫和派的攻擊更是前所未有，可是也就在此時此刻，也就是溫和派最需要徐國助的時候，徐國助卻親自率團來台灣文化交流，徐國助怎能放下溫和派不管？你不覺得這件事情有些反常嗎？」

「這……這……我完全不知道。」

「我猜，這一次徐國助來台灣，另有目的。」

「什麼目的？」

「尋找主戰派的把柄。」

「他何需到台灣來找主戰派的把柄？」王進說：「主戰派有把柄在台灣嗎？」

「當然，主戰派有太多的把柄在我手裏。」

「那是好消息，」王進說：「你們不是一直爭取徐國助這個人嗎？他現在既然有難，而且人也在台灣，你們隨便派人給他一點主戰派的把柄，等他打倒主戰派之後，他自然會感激你，那你不就爭取他成功了嗎？」王進說，但王進想到徐國助的性格，馬上又接著說：「哦……哦……我知道了，你的意思是……是……叫我……叫我……把那些主戰派的把柄送到徐國助的手上嗎？」

「你錯了。」辣妹說：「我只叫你什麼也不做，沒叫你送主戰派的把柄。」

「爲什麼？」王進倒更奇怪了。

「徐國助不是一個普通人，他不會相信我們派人送上的證據，他必須自己取得證據他才有信心。這件事我已在處理，你可以不必過問。」

「那妳叫我來幹什麼？」

「依我的判斷，徐國助既來台灣，他一定希望見到你。」

「我也很希望見他呀！」

「但他不會明著見你。」

「爲什麼？」

「你幾次赴北京擔任密使，中華人民共和國的人都知道你的身分，如果他明著見你，那不等於你們早有勾結？所以他不會傻到自動把這個把柄送給主戰派。」

「那麼徐國助怎樣尋找主戰派的把柄？」

「依我的判斷，徐國助既不敢明著見你，那麼就一定是暗中約你相見。」

「那又怎樣？」

「所以你在徐國助在台灣的十天之中，你坐在家裏等電話。」

「電話來了呢？」

「照著他的話做。」

「你們不會逮捕他吧？」

「你放心好了，」辣妹說：「逮捕一個溫和派對我們不利，我們非但不會逮捕他，我還希望他來去順利。」

電話

第一天過去了……第二天過去了……第三天過去了……一直到第九天的清晨，等待的電話果然來了：「我是徐國助，我想見見你。」

「我也想見你。」

「我在指南山上，你一個人來。」

「可是季季也想見你。」

「下次！」徐國助說：「你知道的，我有困難，你必須照著我的方法來。」

「好，你說吧。」

「興隆路末端有一個小加油站，你在那兒停車加油。」

「是的。」

「把車開到政大門前。」

「是的。」

「然後步行拾級上山。」

「然後呢？」

「你上山了，我自會出現。」

徐國助的電話說的似很匆匆，每句話都很短，說完也就掛斷了。看來徐國助眞的很神秘。

王進不知道徐國助爲什麼那麼神秘，王進幾乎差一點兒告訴他，台灣雖然嚴密的監視著他，卻無意逮捕他，所以他可以不那麼神秘。

王進隨手拿起電話，撥了一個號碼：「辣妹，電話來了。」

「好，果不出所料！」辣妹銀鈴一樣的笑聲：「怎麼說？」

「指南山，就是今天，就是現在。」

「好呀，他眞夠狡猾的！」辣妹說：「在這個早晨，那裏夠安靜也夠幽深了，如果有人跟蹤你，他會很容易的就發現，如果有人用遠距離照相機，在那幽深的山頭，鏡頭的反光也很容易被他發現，看來他是有備而來的，你照著他的話出發，馬上出發，不要遲疑。」

王進眞的不遲疑，放下電話就要出門去了，但季季攔在門前：「去那裏？」

「醫院。」王進說。

「你不是休假嗎？」

「緊急病人！」王進這麼說時，人已經到了車旁了，於是跳上車，「颼」的一聲，就向木柵指南山方向急馳而去。

王進曾去過指南山幾次，但對這一帶並不十分熟悉，王進找了很久才找到興隆路，又費了不少時間才很小心翼翼的找到路末端的加油站，然後王進在加油站把汽車加滿了油，最後把汽車停在政大門前，最後才是步行拾級登山。

王進知道，他雖然是一個人來的，但因爲這次任務非但重大，且性質也不同，因此他知道他絕不孤獨，在他的身邊一定有許多中華人民共和國的間諜與中華民國的間諜在暗處監視著他的一舉一動，所以雖是光天化日，他總覺得他的身邊人影幢幢。可惜這是大白天，否則那些圍牆裏的狗早已跟著他的腳步狂吠起來了。

在這大清早，山路萋萋，山路因背光而不見陽光，也不見朝香客，有的倒是幾個晨運的人，他們一級一級的登山，還一面數著石階，如果不是王進有秘密約會，看樣子今天倒眞是登山的好日子。

據說指南山共有三百多級石階，這對王進來說，應不算什麼，因爲萬里長城的梯階比這多多了，可是王進一級一級慢慢的登著，走的並不急，因爲這是王進奉辣妹的指示，登山的速度不能太快，以免保護他的人跟不上腳步，其實王進知道，辣妹怕的不是他的安全，而是她派來的監視人員會被徐國助的助手發現。依照辣妹的說法，徐國助本人當然不會加害王進，但徐國助帶來的保護他的人就不一定了，因爲這些人常常會做出叫人意外的事情，還有，辣妹也想知道，這些保護徐國助的人究竟是什麼人？有沒有台灣同路人？王進一面登山，一面不禁想著這些諜對諜的事，心裏有一點好笑，王進想，只不過是小小的一個人登山而已，倒變成諜對諜的戰爭了。

到了第一百級，徐國助沒有出現。再上五十級，王進徐國助還沒有出現，可是在這時，石階旁出現一個草寮，草寮半掩著，王進想：要不要到草寮休息一下？可是正當王進這麼考慮時，一抬頭，王進看見徐國助已坐在草寮裏。

「進來！」徐國助說。

「你那裏不好來，偏來台灣，你冒這個險幹什麼？」王進來不及客套，劈頭就是責備。

「我冒這個險，只爲了你。」徐國助慢慢的、中氣十足的說。

「爲了我？」王進大惑不解的說。

「有人出賣你。」

「誰？出賣我什麼？」王進更大惑不解的說。

「目前我只知道這麼多，證據也有，但還不夠多，我還繼續在找證據，因此太詳細的情形我還不清楚，我也只能說到這裏。」徐國助說：「總之，你有難了，從今以後你必須步步小心。」

「那麼誰暗算我？怎麼暗算我？」

「我說過了，我現在還不知道，我也想知道，不過我可以確定的說，這個人是你身邊的人，他對你相當瞭解，」徐國助說：「爲了你自己，你以後不要再輕易的相信別人了，那怕是志同道合的人，他也許更危險。」

徐國助的話忽然觸到王進的心痛，想到釣魚台列島大示威那年，他不就是把所有的計畫都告訴與他一起逃難、一起讀書、一起奮鬥、最最最推心置腹的范文了嗎？結果范文背叛了他。這些年來，王進還沒有原諒范文，也沒有原諒自己。

忽然，徐國助說：「我看見很多人來了，此地不能久留了，我走前還是那句話，有人已出賣你，你要步步為營。」

徐國助說完了，也就隱沒在指南山的叢林中了。

只因活著

王進知道，徐國助冒那麼大險與他見面，他的話應該是絕對可相信的，也絕對有原因，但是王進卻看不出一點點苗頭，因為王進身邊的每一個人對他都十分尊敬，也十分友善，王進看不出來他們會出賣他，再說他有什麼把柄給人出賣呢？因此王進並不十分在意。

王進很久很久沒有見到陳與教授了，他想他們或者把他忘了，或者他們已經另外找到密使了，不需要他效力了，反倒是辣妹久不久的與他在電話裏聊聊天。王進想，無論是陳把他忘了，或者是他們已另外找到人了，不論那一樁都是好事，這對他是一種大解脫。不知怎麼，自王進第一天看見教授與陳的時候，他就對他們兩人都沒有好感，今天也是如此，所以他們不找他，對王進不是一種解脫嗎？……可是……可是天下事就是那麼巧，想到曹操，曹操就到，此時此刻，教授又等在醫院門前了。

「近來好嗎？」教授說。

「不太好！」王進開門見山。

「爲什麼？」

「近來我們醫院裏有一個醫生自殺，他自殺的理由是活厭了。」

「你爲這個心情不快？」教授說：「那麼別想他，想一些別的事情吧。」

「我怎能不想他？」王進幾乎叫了起來：「他是我的朋友啊！幾天前他還是活生生的，跟你跟我一樣。」

「但他失去理想與志氣，只是活著，因此對他的死不值得難過。」

「那麼你呢？你有理想有志氣嗎？你是不是也只是活著？」

「你心情不好，我們今天別談這些事情吧。」

「那麼你今天的來意是什麼呢？」

「陳想見你，但你今天的心情不好，改天吧。」

「不！就是今天、就是現在！」

「這可是你自已選的！」教授說。

「他又不是閻羅，怕什麼！」王進說。

「眞抱歉，」陳說。陳坐在他那寬大四面皆不透風的辦公室中說：「我又有一個任務交給你。」

「什麼任務？」

「北京！」

「又是秘密會議？」

「不是，這次只是傳信，一件非常秘密非常秘密而且關係重大的信。」

「給誰？徐國助？」

「不是！」陳說：「一個你不一定認識的人。」

「究竟是誰呀？」

「當你到北京後，他自己會出現。」

「你怎麼老是叫我做這些工作？難道除我以外沒有別人替你做這件事了嗎？」

「這件事只有你可以完成。」

「每次都是『這件事只有我能完成』，我沒有那麼能幹吧？」王進很生氣的說：「我先是探路、再是密使，現在又是密差，我又不是你手下的諜報員，我已替你做了這麼許多，老實說，我很討厭你的工作，我也厭倦做你的工作了，我是醫生，你對待我像對待醫生好不好？」

許久許久，陳不說話了，倒是教授打破沈默：「還是那句老話，你今天心情不好，我們改天再談吧。」

王進悻悻的告別陳的辦公室，但真的是心情不好，因此王進不想回家，遂逕自走進附近的一家咖啡店。

王進前腳剛走進咖啡店，沒料辣妹後腳也跟著進來了，王進立刻知道這不是巧合，而是辣妹一直跟蹤著他。

「眞巧！」王進雖然心裏是那麼想，但臉上還是一團笑容。

「是有點巧，」辣妹巧笑著說，臉上的笑容就像是赴約會：「不過我是特意來找你的。」

「有什麼事嗎？」

「你剛剛見過陳了？」

「是的。」

「他跟你談什麼？」

「他跟我談什麼妳應該比我更清楚。」王進說。

「他叫你去北京？」

「是的。」

「你拒絕了？」

「是的。」

「爲了我，答應他！」

「爲什麼？」

「因爲……這裏說話不便，到我的汽車上說如何？」

「隨便。」王進說。

辣妹可不是在汽車上跟他說話，而是把她的汽車直接開到她的香閨裏。

辣妹把王進引進客廳，自己換了一套衣服後這才出來與他說話。

王進很喜歡看她換了衣服後的樣子，既嫵媚，又有點性感，也就是女人味十足，她現在眞的有辣妹的味道了。

「你也許不知道，在我這裏，發生了一些事情。」辣妹說。

「什麼事情？」

「當然我不能告訴你發生了什麼事情，不過你的這趟北京之行，對我很重要，我希望你不要拒絕。」

「怎麼？你也要我做密差？」王進說：「他們已知道我是密使，我相信他們對我的監視已不遺餘力，我怎麼還有機會爲妳們傳遞密件呢？那妳不是叫我去送死嗎？」

「老實說，我們派你去，確實是有危險，不過我們沒有別的選擇，」辣妹說：

「而且如果你知道眞相以後，你一定會爭著去。」

「爲什麼？」

「我不能告訴你全部眞相，我可以告訴你的，只是你的好朋友好兄弟徐國助目前遭遇很大的問題，你要救他，你只有聽我們的話去北京。」

王進聽見徐國助有難，就眞的有點心動了，但卻不知道徐國助是不是眞的有難，王進又應該怎麼做才能幫助他？王進想起來了，徐國助曾兩次說王進被人出賣，現在辣妹反說徐國助有難，究竟誰說的是眞的？或者他們兩人說的都是眞的？

辣妹似乎見王進有點心動了，因此很嫵媚很矯揉的說：「爲了徐國助，爲了我們的事業，你就去一趟北京吧。」

「好吧！」王進無奈的說。

王進的缺點就是無法拒絕女人，特別是這個辣妹，她渾身都是標準的女人味兒，是女人中的女人，她的美與媚很難叫王進拒絕：「但這是最後一次！」

「好吧，最後一次！」辣妹說著，像個小孩子似的伸出一根手指來：「這是最後一次，我跟你打勾勾！」

「但妳必須告訴我實話，」王進在與辣妹打勾勾的時候說：「我這一次去，是不是有危險？」

「你這一次不是探路，不是密使，你當然得冒很大的危險，」辣妹說：「如果你問我有沒有危險，我的回答是『是』！不過你不會孤獨，我們隨時有人都會暗中幫助你。」

「萬一我被捕怎麼辦？」

「你可以隨機應變，也可以全部吐實，你可以完全選擇對你有利的回答。」辣妹說。

「但你們不會承認我的身分，最後說我叛國，把我變成你的棄諜，害我有家歸不得。」

「這，有可能，但這是最壞的結果，」辣妹說：「其實我們派你出去，如果沒有十成的成功把握，我們絕不會派出任何人，請相信我！」

「我到現在還不明白，」王進說：「如果說徐國助是你們的敵人，你們不抓他已經很不對了，現在你們還要救徐國助，我眞不懂你們安著什麼心，你們是不是要我做說客說服徐國助反戈？或者你們想收買他？如果是，你們就別做這個大夢了，就我所知，徐國助是徹頭徹尾的共產黨員，他不是你能收買的。」

「王醫生，你想錯了，我們既不是要你做說客，也不是要你收買他，而是眞正的幫助他。」一直以辣妹姿態出現的辣妹，忽然正色的說：「我還是告訴你一點點好了，根據我們的情報，溫和派的徐國助自從台灣回去以後，在主戰派的猛攻下發生了很大的問題，因爲他有一個嚴重的把柄落在主戰派的手裏，他的權力、他的名譽、他的職位、甚至他的生命，都已危如累卵，如果弄不好，他就從此完了，我們派你去，對我們來說，爲的是救這個溫和派，對你來說，你救的是你的朋友。」

「你們救他？你們爲什麼救他？只因他是溫和派？大陸上有千千萬萬個溫和派，你們是『黃鼠狼給雞拜年——沒安好心』吧？」

「隨便你怎麼說，能不能救他就看你的傳信能不能成功了，而你是我們唯一可以接近他的人。」辣妹說。

王進有點洩氣了，王進知道，他現在眞的不能不去北京了。王進想，如果徐國助眞的有難，如果他的北京行眞的能救徐國助，那麼就是賠上他的性命也是可以的，就像徐國助曾多次冒險救他一樣，但是……但是……辣妹的話，眞的是眞的嗎？如果她的話是假的，又該怎麼辦呢？

王進又想，辣妹的話還是多少有點可信，自從中華人民共和國上次在主戰派主導下以飛彈干預台灣總統選舉失敗之後，從表面上看，主戰派的勢力大減，但是在檯面下，主戰派的勢力不降反升，主戰派也表現的更加好鬥，因此他們一定會在任何時候更變本加厲的向溫和派發動鬥爭。當然，毫不考慮的，主戰派一定會把所有攻擊的矛頭都集中在溫和派徐國助的身上，因此徐國助就承受到前所未有的壓力了。

王進對這一點是瞭解的，「這是鬥爭的本質呀，這在共產世界中屢見不鮮的，不算稀奇呀，」王進說：「但怎麼關乎徐國助的安危呢？」王進想不通的就是這裏。

「問題是，鬥爭常常是血淋淋的，失敗的一方更是血淋淋的。」季季說。

「哦！」王進說。也許季季的話是對的。

警訊

王進依言來到北京。

王進已不知道這是第幾次來北京了，但只有這一次最叫王進膽顫心驚，因爲這一次是密差，王進必須很技巧的瞞過所有的人，但王進眞能瞞過所有的人嗎？王進不禁想著出任務前辣妹的話：「我叫你傳遞的信，有足夠的能力救徐國助出險。你的任務不僅是你一個人的成敗，也關係很多人的成敗，尤其是徐國助的成敗，因此你一定要謹愼，也一定要成功。」王進越想她的話，心情越沈重。

在出境的窗口，王進把他的美國護照遞上去。以前王進每次來北京，用的都是中華民國護照，這一次不同，遵照辣妹的指示，改用美國護照。

公安上上下下的打量王進，似乎不相信王進的美國護照是眞的，因此問：「那國人？」

「美國人。」王進說。王進在美國求學時代就入了美國籍，這次任務太危險，王進不得不寄身在一個強國之下，希冀有較大的安全感。

「姓名！」公安冷冷的再問。

「Wang-Jen。」王進說。

「我是說你的中國姓名，你應該有中國姓名。」

「王……進。」王進說。王進沒有想到公安會問他的中國姓名，因爲一般美國人都沒有中國姓名，公安也不會問美國人的中國姓名，不知道這一次這個公安怎麼問這個問題，可是王進又不敢假造一個中國姓名，因爲一旦被公安揭穿，以中華人民共和國對付有疑問的人的凌厲手段，王進馬上就兜著走了。

「你……你……你……好像已多次進出中華人民共和國了。」公安查著入境的電腦說。

「是的。」王進答應著。但是王進的心是驚悚的，王進完全沒有料到，王進自以爲可以神不知鬼不覺的來到北京，沒料到就在未進北京大門時，北京已知道他來了！王進不禁想著以後的日子，不知道以後會發生什麼事情。

「不管了！」王進在心裏自己對自己說：「既來之，則安之，不論將來發生什麼事情，現在逃也逃不掉了，只有見招拆招。」

音訊杳然

王進按計畫住進預定的旅館，只等著那個約定的人來取密件。王進不能直接把密件交到徐國助的手上，因爲辣妹說，如果一有閃失，徐國助就眞的完蛋了，因此王進要把密件交到一個特定的人的手上。王進對辣妹的話並不完全相信，因爲辣妹既說王進是唯一可以接近徐國助的人，卻又不把密件眞接交到他的手上，爲什麼？

辣妹在王進出發時，曾詳詳細細的交待怎麼把密件交給來取密件的特定的人，因此王進只有坐等這個人的出現，但是一連等了三天，取密件的人就是不出現。

取密件的人爲什麼還不出現呢？難道說他不知道他已來到北京了嗎？啊……啊……啊，那是多麼不可能的啊，辣妹明明說……

王進決定足不出戶的再等下去。

第四天……還是沒有人出現。

第五天……也還是沒有人出現。

王進預料到一定有什麼事情不妥了，說不定那個取密件的人已經被捕、被殺、或者已經失蹤了……王進不禁這麼想。

王進決定再等一天，如果那個取密件的人還不出現的話……可是正當王進想到這裏時，忽然砰砰砰的一連三聲，敲門聲！

「誰？」王進說。

王進的第一個想法是：「取密件的人終於出現了。」但是王進再一想，不對，「他出現的方法爲什麼與約定的方法有點不一樣……」王進不禁遲疑，一時之間不知道是不是應該開門，但王進萬萬沒有料到，門外竟傳來一個銀鈴一樣的聲音，而且王進對這個聲音很熟悉很熟悉：「你爲什麼不開門？是我，謝玲玲！」

王進不禁嚇了一跳，王進心想：「怎麼又是她？她在這個節骨眼的時候來北京做什麼？」王進心裏雖是這麼想，但還是很快的把門打開了。

「妳怎麼知道我在北京？」王進沒有好氣的說：「是妳一直監視著我嗎？爲什麼？」

「哈！」沒料到謝玲玲不生氣反而大笑起來：「我沒有責備你一個大男人在你結婚紀念日獨自跑來北京逍遙做什麼，你還說我監視你？你害怕我監視你嗎？那麼下次我叫季季來監視你好了！」

「那麼說說妳怎麼又發現我吧！」

「我正在旅館大廳裏跟朋友說話，沒料你也進來了，因此你是自投我的法眼的，不是我監視你。」

「那麼說說妳這次又來北京的目的吧。」

沒料謝玲玲竟大笑起來：「你不怪你在結婚紀念日偷溜，還問我來北京的目的？哈哈哈，天下事就是那樣，『天網恢恢，疏而不漏』，除非自己不做虧心事，否則就不要怕人知道，你被我逮了一個正著，說，你爲什麼來北京？否則我告季季去。」

「說眞的，你眞的是在這個旅館的大廳裏看見我？那你怎麼不當場打招呼？」

「告訴你實話吧，」謝玲玲笑的更得意起來：「我當然是唬唬你的，眞的情形是，你在北京下飛機的那天，我也恰從美國來，也是剛下飛機，當我走進入境室的時候，我看見你正好辦完入境手續，我來不及跟你打招呼你就不見了，等我辦完入境手續，你連人影兒也不見了，好在北京就只有這麼幾家適合你這個名醫住的旅館，我每天問一兩個，你就無所遁形了，你說是不是呢？」

「妳眞聰明。」王進說。

「哦，對了，我倒有一個問題問問你，」謝玲玲說：「今天不是你與季季的結婚紀念日嗎？你怎麼那麼狠心摔下她一個人獨自來北京？你爲什麼不在台灣與她一起呢？你爲什麼不帶她來北京呢？你在北京有什麼比結婚紀念日更重要的事情嗎？」

「這……這……」王進面對她一連串的問題，不想回答，也不能回答，因此吱吱唔唔起來。

謝玲玲看見王進吱吱唔唔，知道王進不願回答，因此謝玲玲也不再爲難他，爲了打破尷尬，謝玲玲馬上改口說：「哦，你窗台上的三盆花，眞美，是你叫侍者特別買的吧？我不知道你什麼時候變成一個愛花人了，我記得我們談戀愛時你還是一個不愛花的人，我從沒有收過你送的花！」

謝玲玲說著說著就用手去捧這些花，並用手撥弄這些花，然後把花玩來玩去，好像愛不釋手的樣子。王進一看謝玲玲這麼撥弄花，不禁大吃一驚，因爲這些花正是王進與取密件人約定的信號，如果這些花排列的秩序亂了，那麼信號也就變了。

……王進想到這裏，一句話也不說的就去搶謝玲玲手中的花，但王進一個沒有站穩，就要跌跤，謝玲玲也沒有料到王進有搶花這一著，因此也一個沒有站穩，也要跌跤，所以王進與謝玲玲都同時向下倒了，謝玲玲手中的花先是掉在地氈上，花盆也碎了，泥也倒出來了，同時王進與謝玲玲也都倒在床上，謝玲玲整個身體的重量都壓在王進的身上。

王進忽然嗅到謝玲玲的體香，那是王進很久很久沒有嗅過的了。謝玲玲也很久很久沒有與王進像這麼在一起了，因此也有一些陶醉。因此乾柴烈火，擁抱、擁抱、緊緊的擁抱、緊緊的擁抱，身體壓著身體，身體壓著身體，就這麼……

「進哥，」謝玲玲說：「你很久很久沒有這麼抱我了，眞的很久很久了……」謝玲玲說著說著掙出王進的擁抱，自個兒站了起來，王進忽然發現謝玲玲一件一件的在把自己的羅衫褪掉。

王進大吃一驚，趕快說：「啊，不要！不要！不要！」王進說著說著就要逃跑，但謝玲玲似乎已經瘋了，她一個擰身，不但再把王進推倒在床上，還把王進壓得更緊。

謝玲玲雖把王進壓在身下，可是兩條腿並不乖乖的壓著，一直亂踹亂跳，謝玲玲似乎想讓王進完全臣服，可是謝玲玲的兩條腿卻把那些倒在地氈上的花盆打翻了，花盆裏的泥也倒出來了，泥散了一地。謝玲玲一張紅紅的唇在這時也湊上來了。

王進一驚，本來還想抗拒，可是一閃頭，卻看見花盆的泥散了一地，也看見暗藏在泥裏的縮影底片竟暴露在地氈上，王進這一看更是大驚，王進想，這個東西絕不能給謝玲玲看見，因此他在反身之際，一腳把它壓在腳板底下。

但，王進腳壓著底片，王進就沒有辦法反抗謝玲玲的進攻了。

「進哥，」謝玲玲迷迷的笑著說：「我知道今天是你的結婚紀念日，可是季季不在你的身邊，我想你一定很寂寞，那麼你就叫我暫代季季吧……你記得嗎？我曾說過，只要你覺得寂寞，我就一定在你的身邊，就像我們在美國的那些日子……」

陌生人

剛剛送走了謝玲玲，忽然鈴鈴鈴的電話又響了。王進知道，他不應該有電話的，除非……

「王進。」王進拿起聽筒。

「我在一樓咖啡館，綠色的。」電話裏的人說。

「果然是取信的人來了！」王進說。一時之間，王進似乎有些緊張，畢竟這一次不是電影，也不是小說，而是眞人眞事，而且他就是那個主角。

王進從花盆裏挖出暗藏的底片，帶著底片就要下樓，但王進在下樓前又仔細的想一想，收件人所用的暗語，與約定的有一點點不一樣，爲什麼？那麼這個人是不是眞的是約定的人呢？不過不一樣的地方很小，很可能這個人是一時的不小心，用錯了暗語，或者還是一個僞裝者？王進想著想著，爲求小心，就又把底片藏回原來的地方。

王進下了樓，在咖啡館看見那個穿綠色衣服的人，希望他示出第二個暗號，但是穿綠色衣服的人沒有任何表示了。王進想，這個人僞裝的成份似乎比較多些。

王進慶幸自己的反應還算快，沒有誤了大事，可是忽然又一想，突然有一個不祥之感，假如出現了僞裝的收件人，那麼那個眞的收件人不是已出問題了嗎？那麼他這一次的任務不是已失敗了嗎？因爲那個眞正穿綠色衣服的人如不是被捕，就是被殺了。

王進又想：那麼現在的這個穿綠衣服人，又是誰呢？王進相信這個穿綠衣服人只不過是一個不知情的人，他的背後一定還有一個指揮他的人，王進相信這個指揮他的人現在一定也在這個咖啡館裏，監視著他與王進的一舉一動，因此王進放眼整個咖啡館，卻又看不出誰是指揮這個綠衣人的人。

王進無奈，只好不理會這個穿綠衣服的人了，因此王進並沒有在咖啡廳裏坐下來，只一眨之後就悄悄的從咖啡館前門隱身，而來到旅館大門。王進想，或者這個指揮穿綠色衣服的人在旅館大門前也說不定。

可是正當王進來到旅館大門前時，一輛汽車卻對著他呼嘯電馳而來，王進閃避措手不及，一個大漢不由分說的就把王進拉進汽車裏。

「你們……你們……你們……」王進想叫，但已來不及了，因爲他的嘴巴已不知道被什麼東西堵住了。

王進眼睜睜的看著汽車一直駛出北京。奔、奔、奔……現在，王進眼睜睜的看見路上的汽車少了，兩旁的建築也少了，當然路上的行人也少了，直到這個時候，堵著王進嘴巴的東西也終於被大漢取下來了。

「你最好乖乖的，否則我們再把你的嘴巴堵起來。」大漢說。

「你們……你們……你們是……？」王進指著大漢戰戰兢兢的說。

「我們是誰，你等一會兒就知道了，」大漢說：「你現在別多問，就是問也不會回答你，你既已落在我們手裏，你只有回答問題的義務，知道嗎？」

王進想，跟這個大漢說什麼也是白費，因爲他只不過是一個小儸儸而已，倒不如仔細打量大漢與汽車的動靜。

汽車放下大道不走，只走小道，穿過一個小村又一個小村，王進知道這是大漢故佈疑陣，也或者是擺脫追兵，因爲王進相信辣妹派來保護他的人，就在不遠處跟蹤，不過王進似乎隱隱約約的看見山頂上的萬里長城，原來這一帶是他最熟悉的八達嶺。

奔、奔、奔、許許多多的轉折後，汽車終於停在一個古樸的小山村裏，萬里長城就在它的旁邊。王進認得出這個地方，王進小時候常常與徐國助來這個地方，雖然多年未見這個古樸的小村，小村似乎仍古樸依舊，並沒有什麼改變。

此時此刻，這個小村似乎正在忙著，來來往往的都是人，王進仔細打量這些人，王進想，這些人看來似乎都不像農人，因此不是這個村子裏的人，那麼這些人來這個小農村幹什麼？它原有的村人呢？難不成這個小村……？王進想到這裏，不禁再打量這些人，忽然間，王進覺得這些晃動的假農人，好像每一個人都身懷鬼胎，不懷好意。

王進正這麼想著時，大漢把王進帶進村中最大的一幢建築，看來像是堂屋的樣子。

王進看著這個堂屋，尋思他該怎麼做，忽然，堂屋裏閃出一個清瘦的人，他直趨王進面前：「王進兄，你好！我們久違了，沒想到我們今天在這裏見面吧？」

「你……你……你……是……誰？」王進好像有些認識他，又似乎有些不認識他。

「你眞是貴人多忘事，我是李登輝呀！釣魚台列島大示威一別，已是多年了，難道王進兄眞的忘了我嗎？王進兄別來無恙？」

王進像突然像想到什麼似的，突然一拍腦勺子：「是呀，他就是李登輝呀，我怎麼會不認識他呢？我對他是沒齒難忘呀！」王進立刻想起他在美國求學的日子，特別是釣魚台列島大示威的那些日子。

釣魚台列島大示威，本是由海峽兩岸的所有中國人自動自發的發起的，不過因爲兩岸在意識上互爲敵對，在中華民國這邊，主持人就是王進，在中華人民共和國那邊，主持人就是李登輝。不過大家在意識上雖敵對，但對釣魚台列島是中國人的，在這一點上卻是一致的，因此雙方示威的目的相同，卻不能合作。

兩岸雖同是中國人，又同爲一件事情示威，可是李登輝有李登輝的目的，王進有王進的打算，兩人的目的卻是完全不同，因此王進與李登輝之間時有鬥爭。根據報紙的說法，台灣有十八李登輝，其中的一個李登輝曾任台灣省主席，因此有人戲稱美國的這個李登輝是「台灣省主席李登輝」，其實這個「台灣省主席李登輝」也是從台灣來的，那麼這個李登輝應是第十九個李登輝了，只是美國來的李登輝年代比較久，因此不在台灣那十八個李登輝之內。後來釣魚台列島大示威變了質，聽說那個「台灣省主席李登輝」就跑到中華人民共和國去了。

因爲美國的「台灣省主席李登輝」與王進各擁不同的中國，雙方對立有如仇人一樣，因此王進與「台灣省主席李登輝」甚少見面，就是見面也不寒喧，因此王進與「台灣省主席李登輝」並不熟悉，不過這些年來，王進對「台灣省主席李登輝」的這個李登輝在逃到中華人民共和國後的近況不是完全陌生，王進知道「台灣省主席李登輝」的這個李登輝是中華人民共和國情報局的領導人物，也知道他手下兵多將廣，更知道他權力無限，並也知道他是主戰派裏面的要角。

「美國一別，又是多年了，」「台灣省主席李登輝」說：「王進兄近來可好？」

「眞的是很久沒有見面了，」王進說：「想來李兄因釣魚台列島大示威立了大功，一定是官運亨通，青雲直上了。」

「小小的官兒何足掛齒？倒是兄以心臟權威遊走海峽兩岸，不成比擬。」「台灣省主席李登輝」說：「來來來，我敬心臟專家一杯茶！」

「你如此隆重的請我來，只爲敬我一杯茶？」王進笑了起來：「來來來，『台灣省主席李登輝』，哦，不，以今天的行情，我該叫你這個李登輝爲『中華民國總統李登輝』了！」

「我李登輝沒有一樣好，就是父母替我取的名字好，」「台灣省主席李登輝」說：「台灣的李登輝越做官越大，我也跟著受惠，來來來，茶！」

「但如果有一他天把台灣弄砸了，那麼他成了歷史罪人，你也跟著倒楣吧。」

王進把茶一飲而盡。

「其實今天我的兄弟請你來，並無惡意，」「台灣省主席李登輝」說：「是我的手下誤會，我原是叫他們去取一卷縮影底片的，結果他們把你請來了。」

「好說，」王進說：「我現在既已落在你的手裏了，那麼『中華民國總統李登輝』先生，你要怎麼處置我呢？」王進沒有想到，在美國留學時就與他對立的李登輝，現在還是對立。

「快人快語，」「中華民國總統及台灣省主席李登輝」說：「交出底片。」

「什麼底片？」王進裝蒜。王進突然感到事情嚴重，因爲「台灣省主席李登輝」竟知道底片的事，顯然王進這邊有內奸。

「你玩不過我的，」「台灣省主席李登輝」威脅似的說：「你應該知道，你的身邊有我的人，因此我知道你每一次來北京的目的，也知道你身上有什麼東西，所以你還是乖乖的繳出來吧。」

「既然你那麼確定，如果我說我沒有，大概你也是不會相信我了，」王進說：「那麼你就搜吧。」

現在王進幾乎已輕可以百分之百的確定他不是收件人了，因此更不願把底片繳給他，只是王進一時想不出這個出賣他的內奸是誰。

「其實你說不說也是一樣，」「台灣省主席李登輝」忽然收起了笑容，奸詐的說：「你不說自有別人說。」

「誰？」王進奇怪的反問。

「你的好朋友、你的好上司、你爲他奔命的人！」

「你說的究竟是誰啊？」

「你還在裝蒜？」「台灣省主席李登輝」說：「他已把什麼都招出來了。」

「我還是不知道你說的是誰。」王進說。不過王進心裏撲通撲通的跳，王進想：「台灣省主席李登輝」或者眞的抓著他的什麼把柄了，否則他不會那麼志得意滿。

「好吧，你既然堅持到底，爲了不使你再懶下去，我讓你們對質如何？」「台灣省主席李登輝」說。

「好呀！」王進說：「眞金不怕火燒。」王進說這話時，心裏眞的有點虛了，不知道「台灣省主席李登輝」究竟抓到什麼人，能使他懶也懶不掉。

王進暗中盤算，知道他這一趟北京之行的，只有三個人，一是陳，二是教授，三是辣妹，知道他身上有底片的，只有一個人，那是辣妹，除非他們三人中有一個人或三個人都背叛了國家，否則應該沒有人知道他此行的，更不可能知道底片的事，那麼「台灣省主席李登輝」是怎麼知道的呢？難道說「台灣省主席李登輝」把他們三人都抓起來了嗎？他會叫他們三個人中的那一個人與他對質呢？但那又是多麼不可能的呢，因爲他們三人都在台灣，沒有聽說他們也要來北京的事。

王進正思肘間，三個大漢忽然押著一個人進來了。王進一看，王進與這個被押進來的人似乎在同時都是大大一驚，原來是教授！

王進不知道教授也來北京，王進也不知道教授來北京幹什麼，但是教授看見王進，乘押解他的大漢不注意的時候，趕快以雙手抱頭。

哦，王進心裏明白了，「台灣省主席李登輝」所謂的已經招供，其實根本沒有招供。當王進來北京之前，因預料有被捕的可能，也預料被捕後有可能需要對質，因此王進與教授有一個事先約好的暗號，那就是如果還沒有招供的話，在見面時就以雙手抱頭，如此可以使另一方心裏有分寸。當然，這個暗號在做起來時看起來是十分自然的，而且爲時甚短，以免引起監視人的疑心。可是就是這麼短，可也夠了，對王進來說，這個信號已經很清楚了，因爲王進已知道教授還沒有招供，也起碼知道叛國的不是教授。可是如果叛國的不是教授，那麼是誰呢？現在似乎只有陳與辣妹了。

「看吧，你的好上司已在我們手裏了，而且也已經招供了，」「台灣省主席李登輝」對王進說：「你還掙扎什麼呢？還不趕快把底片繳出來嗎？」

「教授，你好嗎？」王進未理會「台灣省主席李登輝」的話，反趨近教授面前說：「教授，你好嗎？」王進再問。

教授不說話，還是以雙手抱頭。

「抱歉，」「台灣省主席李登輝」說：「他被捕的時候，因爲強烈抵抗，所以我們給他吃了點鎮靜劑，他現在已不能說話了。」

「就這一點，你起碼還不算是誠實的，」王進說：「你給他吃的不是普通鎮靜劑，是鴉片。」

「我知道我很難瞞過你這個醫生的眼睛，」「台灣省主席李登輝」說：「不過他吃什麼都一樣，他已被捕了，他也招供了，你這趟密差之行也失敗了，那麼你還留著底片有什麼用？你還不快繳出來嗎？」

「可是我沒有你要的底片呀！」王進說：「再說你們要我與他對質，但他已不能說話了，你們怎麼還能叫我與他對質呢？」

「台灣省主席李登輝」沒有理會王進，一揮手，三個大漢又把教授押走了。

直到王進望著教授被押走了很久很久之後，「台灣省李登輝」才回過頭來對王進說：「你是不是也想吃點苦頭？我告訴你，視實務者是俊傑，我已經忍你很久了，你再跟我鬥下去，對你一點好處也沒有！」

「哦，這樣說來，」王進說：「『台灣省主席李登輝』、『中華民國總統李登輝』，你一直是視實務的俊傑？想當年，你以台灣留學生名譽出國留學，在中美斷交中華民國被逐出聯合國後，你就視實務的跑到中華人民共和國那邊去了，像你這麼重視實務，難怪你今天這麼飛黃騰達了，但你的官位也不過僅僅是『弼馬溫』而已。」

「你少挖苦我，是又怎樣？不是又怎樣？」「台灣省主席李登輝」說：「有道是『西瓜偎大邊』，誰叫你不看清中國大勢而一廂情願的愚忠？今日你既是階下囚，就快把底片繳出來吧。」

「對不起，我沒有你要的底片！」王進索性閉起眼睛，不再望「台灣省主席李登輝」了。

奇怪的是，王進說完這句話後，「台灣省主席李登輝」不再向王進進逼了，反而與其他的人說話去了。

「台灣省主席李登輝」說話的聲音很小，因此王進聽不清楚，於是王進偽裝著半閉著眼睛，看看「台灣省主席李登輝」在搞什麼，可是這一看不得了，三個大漢向他走來了。

「對不起，我們要請你換個地方。」「台灣省主席李登輝」說。

王進沒有什麼表示，王進的意思似是說是可亦無可，不過王進思忖現在的形勢，一定是有人發現「台灣省主席李登輝」綁架他的事發作了，也許是辣妹派來保護他的人來干擾「台灣省主席李登輝」了，或者來阻止他了。王進不禁再想，當他來北京前，辣妹頻頻告訴他，他們有人暗中保護他，那麼現在就是他們派來暗中保護他的人嗎？……但王進又再想想，怎麼可能呢？辣妹不是已叛國了嗎？

三個大漢可不像「台灣省主席李登輝」那樣文謅謅的，他們把王進像行李一樣的塞進一輛汽車裏，汽車就揚長而去了。王進在汽車裏注意汽車的方向，可是不論汽車怎麼轉，只要王進抬頭，就會看見萬里長城高高的還在頭頂上，而且還是同一段萬里長城……王進知道，「台灣省主席李登輝」並沒有走遠，只是在同一個地方團團轉，是故佈疑陣。那麼是誰在追「台灣省主席李登輝」呢？辣妹？還是……？王進不知道了。

汽車終於在一個農莊前停下來了，還是一個古樸的小農村，只是與前一個小村不同，這個小村開滿了嫣嫣花朵，村道上、小村裏，都是盛開的花。

在大漢把王進推進一個農舍前，王進隨手摘了一大把花。

「我們請你到這裏來，因爲這裏沒有人打擾你，」「台灣省主席李登輝」說。「台灣省主席李登輝」看見王進手裏的花，「台灣省主席李登輝」笑起來了：「這些花，很美很美，對吧？哦，對了，我記得你很喜歡花，就是在釣魚台列島大示威期間，你的窗台上也少不了花。」

「是又怎樣？不是又怎樣？」王進說：「那都是過去的事了，今日身爲階下囚，我的命運好不過花。」王進說著說著，隨手把花分做三束，掛在窗子上。

「你倒眞會賞花，也有心情賞花，佩服！」「台灣省主席李登輝」說：「我們言歸正傳，還是底片，你究竟把底片藏在什麼地方了？」

王進知道說也無用，因此索性不說話了。

「……啊……啊……啊……我想起來了，我想起來了，我想起來了，」「台灣省主席李登輝」像想起來什麼似的說：「你那麼愛花，你一定把你的底片藏在花裏了！來人啊，快到王進投宿的那家旅館裏去看看，他窗上的花盆……花盆……底片一定……一定在那兒！」

王進猛的一驚，但隨即鎮靜下來。王進沒料到「台灣省主席李登輝」有那麼大的聯想力，不過王進知道自己現在必須鎭定，因爲王進自己不能自露行藏。

「台灣省主席李登輝」並沒有眞的派人去旅館查看，而是打電話去，顯然「台灣省主席李登輝」在旅館裏也埋伏了人。

果然，不久，那頭的電話來了，王進只看見「台灣省主席李登輝」大眼擠小眼的縐眉了好一陣子，似是連番驚奇。

王進不知道電話裏的人對「台灣省主席李登輝」說了些什麼，只看到「台灣省主席李登輝」的臉色越來越陰沈，也越來越難看。從「台灣省主席李登輝」的臉色看，王進想，「台灣省主席李登輝」顯然很失望，或者說也很意外的樣子。「不會呀！不會呀！你再仔細看看！」「台灣省主席李登輝」一連在電話中說了又說。

電話那頭又不知道說了什麼，「台灣省主席李登輝」的臉色更加沈重。

王進不知道發生了什麼，但顯然的，「台灣省主席李登輝」想要的底片，並沒有在花盆裏找到，王進也不禁吃了一驚，如果「台灣省主席李登輝」眞的沒有在花盆裏找到，那麼那卷底片究竟到那裏去了呢？王進清清楚楚的記得，他可是一直藏在花盆裏的。可是正在王進這麼想時，「台灣省主席李登輝」卻一臉獰笑的向他走來了，「台灣省主席李登輝」說：「好傢伙，王進，原來你帶著人來了，說，我們走了之後，誰進了你的房間？」

「你的問題也太奇怪了，」王進說：「自我落在你的手裏後，我就沒有機會再進我的房間了，我怎麼知道誰去過我的房間？我倒要問問你，你去我的房間幹什麼？」

「啊，是我錯！是我錯！是我錯！」突然，「台灣省主席李登輝」像是自言自語的，一連說了許多「是我錯」，可是王進又不知道他錯在那裏，許久許久之後，「台灣省主席李登輝」這才接著說：「我竟忘記了『螳螂捕蟬黃雀在後』這句名言，啊……啊……我……我……完了！」

王進一點也不知道「台灣省主席李登輝」爲什麼「完了」，不過王進看見「台灣省主席李登輝」急成那個樣子，王進知道一定發生了什麼事情對「台灣省主席李登輝」大大不利，所以他才會變成那樣子，否則以他的狡詐，他是不會輕易露出心底裏的秘密的。

王進不禁把事情回想一次，這一切好像都是自他被「台灣省主席李登輝」抓著之後才發生的，之前的「台灣省主席李登輝」意氣風發，得意的很，可是現在的「台灣省主席李登輝」垂頭喪氣，猶如鬥敗的公雞，這種變化來的竟是那麼快，而且是天地之別。可是由「台灣省主席李登輝」臉上的這些變化，王進更不明白了，按理說，「台灣省主席李登輝」抓住了他這一個中華民國奸細，應該是大功一件，怎麼一轉眼間就會變成垂頭喪氣呢？究竟發生了什麼對「台灣省主席李登輝」不利的大事呢？

此時此刻，不光是「台灣省主席李登輝」垂頭喪氣，就是「台灣省主席李登輝」手下的那一批人，也垂頭喪氣起來，這些人互相議論紛紛，似覺得驚慌。

「好呀，」王進在心裏想：「他們出了事，就沒有人注意我了，我何不乘這個天賜良機逃之夭夭？」王進想。王進知道，如果逃的不好，逃的危險遠大於不逃，因爲就算「台灣省主席李登輝」的權力大到頂天，要殺他這樣的一個人，還是要考慮一下，但如果他逃跑，「台灣省主席李登輝」就有充足的理由殺他了。不過王進又想，與其等不可知的命運，還不如三十六計，逃爲上計爲佳。因此王進心裏打定主意。

果然，「台灣省主席李登輝」在與他的手下說話時，一時分心，王進逮住這個機會，奪門而去。

「回來！回來！」「台灣省主席李登輝」發覺王進逃跑，趕快大叫。但王進那裏還會回頭呢？王進既打定主意逃之夭夭，又那裏還會聽「台灣省主席李登輝」的命令呢？因此非但不回頭，還跑的更快了。

「回來！」還是「台灣省主席李登輝」的聲音。

跑！

跑！

跑！

跑！

跑！一連不停的跑，王進只知道跑了很久很久，王進不知道跑了多遠，一直跑到聽不到「台灣省主席李登輝」的聲音，才略略回頭，王進果然不見「台灣省主席李登輝」的追兵了，但因爲王進的跑與群起打手的追，也同時驚動了整個村子裏所有的狗，現在這些狗就都狂吠起來，刹那間，吠聲一地。

王進想：吠吧！吠個夠吧！俗話說，一犬吠影、衆犬吠聲，現在就眞的是一犬吠影衆犬吠聲了，假如是在平時，王進恨透了那些只會爲壯自己的才膽狂吠的狗，但此時此刻，那些狗吠聲卻好像隱隱約約的在保護他，使他知道後面追兵的方向，也使後面的追兵怯步。王進想到這兒，不禁一陣好笑，眞是此一時也，彼一時也，就連狗吠聲也不同。

王進不擔心逃跑的方向，因爲自王進兒時起，就在這一帶嬉戲了，這些大街小巷雖然有些改變，但大致上還是與兒時一樣，尤其是頭頂上的萬里長城，更是他的指標。王進想，假如辣妹派來保護他的人知道他已成功的逃出「台灣省主席李登輝」的魔手的話，他們應該在萬里長城上接應他，就像他用花發出去的暗號一樣。

跑！

跑！

跑！

跑！終於跑到萬里長城腳下了，王進仰望萬仞高牆，這些牆在幾百年間曾成功的阻擋了北方民族的侵略，只可惜最後還是功虧一簣，未能阻擋滿人入主中原，現在這些高牆又能阻擋「台灣省主席李登輝」的追兵嗎？王進不禁望著高牆想。正在這時，突然，王進聽見背後一聲：「不許動！」然後一把手槍冷冷的指著王進。

王進不禁回頭，也不禁大吃一驚，王進大叫起來：「史治安，怎麼是你？」

「是的！是我！你沒有想到吧？」史治安說。

「你也是『台灣省主席李登輝』的人？」

「是又怎樣？不是又怎樣？」史治安說：「把底片繳出來，我放你走！」

「但你必須告訴我，你怎麼知道我在這兒的？」

「這還不簡單？」史治安說：「以前你跟路青青談戀愛的時候，你談了太多的萬里長城，所以當『台灣省主席李登輝』告訴我你已逃之夭夭的時候，我第一個就想到萬里長城，所以我先一步在這兒等你了。」

「可惜，美國交際界裏的名人竟成了『台灣省主席李登輝』這個下三爛手下的一條狗，你不覺得可惜嗎？」

「有什麼可惜？現在你識相的話，把底片繳出來，我還可以放你走，否則『台灣省主席李登輝』追過來，我想放你都不成了。」

「其實我早就應該想到你已投靠『台灣省主席李登輝』那邊了，你在美國沒有正式工作，沒有收入，你自己也沒有蓄儲，但你卻有花不完的錢，告訴我，『台灣省主席李登輝』每月給你多少錢？」

「這個不用你管，快把底片繳出來！」

但在史治安全神對王進說話的時候，在史治安的背後，忽然卻傳來一個嬌滴滴女人的聲音：「史治安，底片在我這裏！」

王進與史治安都不禁回頭，看看這個突然出現的女人是誰，王進與史治安也都不禁大驚的叫了起來：「路青青，怎麼是妳？」

「是的，是我，你們都沒有想到吧？」路青青說。

「青青，」王進說：「底片是我的，還給我吧。」

「青青，」史治安也搶著說：「底片是我的，妳還給我吧。」

「還給你們？爲什麼還給你們？」路青青對史治安說：「我現在不是你王進的戀人，也不是史治安太太，我是路青青，現在是路青青的！」

「青青，妳要來何用？」王進說：「這個底片是個不祥的東西，它落在誰的手裏誰倒楣，妳還是還給我吧。」

「不！它關係著家父的清白。」

「關係令尊？」王進不解的問。

「是的，你忘了家父曾是國民黨的棄諜嗎？家父為國精忠一生，卻沒料到只因出秘密任務失敗，非但差一點喪生，國民黨竟反說家父叛國，因此國民黨棄家父不顧，結果家父變成了國民黨的棄諜，最後家父抑鬱而死，但家父臨終前向我交待，囑我務必查出那個出賣他的人，否則他死不瞑目，現在我終於查出來了，證據就在這卷底片裏。」

「這話一言難盡，」王進說：「妳先把底片給我吧，其他的從長計議，我以我的生命向妳保證，我務必給妳一個滿意的答案。」

「是的，這件事確是一言難盡，」路青青說：「這些年來，我在這欺騙的世界裏多方打聽，我終於找到證據，這些證據就在這卷底片裏，你說我怎能放棄？再說，你背叛我與你的愛情，我又怎能相信你？」

「那麼妳今天來這裏的目的是什麼呢？」王進說：「妳要的證據已經在妳手上

了，妳還不快快帶著妳要的證據離開這個危險之地？」

「是的，我本可以不來，」路青青說：「但你雖然不愛我，可是我還是不能不愛你，我所以冒險前來會你，就是我要告訴你，在我找證據的路上，我無意間發現，你的頂頭上司，陳，他已出賣你了，因此你已身在險境，你快回頭吧！」

可是就在王進與路青青你一言我一語的時候，冷不防的，突然「砰！」的一聲，路青青應聲倒下。

王進可看清楚了，槍聲來自史治安。

「你……你……你……」王進手指著史治安。

「你……你……你……」路青青也手指著史治安。

「沒辦法，各為其主，」史治安說，同時一把把底片從路青青的手中搶到自己的手裏：「今天我若得不到這卷底片，恐怕我這個人也會變成棄諜了，青青，所以我只好暫時委曲妳了，不過妳別擔心妳的傷，我沒傷到妳的要害，而且『台灣省主席李登輝』馬上就追到了，他自會把妳送去醫院……」

「你……你……你……」路青青還是手指著史治安，說不出話來，手槍也跌落在地上了，顯然路青青的傷不像史治安所說的那麼輕。可是正在這時，冷不防的，突然又是「砰！」的一聲。這一次，是史治安應聲倒下。

這一槍又準又狠，史治安連叫都沒有叫出來，就沒有呼吸了。

王進不禁大吃一驚，「誰？」王進不禁叫了起來。

「我！」就在這時，附近矮林裏竄出一個人，人到話到，人已現身在王進面前了，同時底片也到了這個人的手裏。這個人行動之快，猶如閃電。

「怎麼是妳？」王進更是大吃一驚。原來是謝玲玲。

「怎麼不能是我？」謝玲玲說：「這些年來，我奉命一直監視你，也奉命保護你，所以你的一舉一動我都很清楚。」

「你奉命？奉誰的命？」王進說：「這裏不是妳該來的地方，妳快走吧！」

「就我所知，快走的應該是你，」謝玲玲說：「『台灣省主席李登輝』和他那一大夥的人，已快馬加鞭的趕來了，如果你現在還不走，怕已沒有時間走了。」

「哈哈哈，你們果然沒有時間了。」忽然矮林裏又竄出一個人，王進一看，原來又是『台灣省主席李登輝』。『台灣省主席李登輝』的槍冷冷的指著王進與謝玲玲。

「你追來的很快，算我倒楣。」謝玲玲說。謝玲玲只好把自己的手槍甩到腳下。

王進也沒有想到「台灣省主席李登輝」追的那麼快。

「我們又見面了。」「台灣省主席李登輝」說。

「但我還是沒有你想要的底片。」王進說。

「我知道，我知道，不過現在底片已不重要了，我有了更好的證據。」

「什麼證據？」

「叛諜史治安已死，這是死的證據，」「台灣省主席李登輝」說：「美國情報局間諜路青青與謝玲玲暴露身分，如今被我活擒，這是美國政府干涉中華人民共和國內政的活證據，」然後「台灣省主席李登輝」又指著王進說：「還有你，你這個台灣間諜，你可能還不知道你已是被台灣出賣了，我現在有了這些證據，足以證明我對中華人民共和國的忠心了。」

「那麼你要把我們怎麼樣呢？」王進問。

「這……」「台灣省主席李登輝」陰沈的說：「這……這……我可要跟你賣個關子，不過你知道的，除非你乖乖的聽話，否則我們不會對你客氣。」

「不客氣又怎樣？我殺了一個美國叛諜，他又不是中華人民共和國人，就是有罪也是有限的，我怕你什麼？」謝玲玲說：「再說我有美國籍，就算你們逮捕我，你們必須在二十四小時內通知美國大使館，他們自會替我請律師。」

「哎呀，我可愛的謝小姐，我可愛的美國情報局玫瑰，妳怎麼那麼天眞啊？」「台灣省主席李登輝」說：「我們不會逮捕妳，但妳會失蹤，妳失蹤一天、兩天、一年、兩年或者一輩子，我就不知道了，有些美國人就是因爲不懂這一點，如果妳不能與我合作，說不定妳也會終身失蹤。」

「你無恥！」

「罵我無恥就無恥吧，」「台灣省主席李登輝」說：「現在妳想通了沒有？還不快把底片給我？」

謝玲玲一時猶豫起來了。

王進想：底片絕不能落在「台灣省主席李登輝」手裏，因此王進想乘「台灣省主席李登輝」不注意的時候乘機搶回來，但王進的這點心意，卻沒有瞞過「台灣省主席李登輝」的眼睛，因此被「台灣省主席李登輝」察覺了，於是「台灣省主席李登輝」把槍冷冷的指在王進的胸膛上：「如果你還敢再動一動，我現在就殺了你。」

正在這時，可完全沒有人料到的，又一個人忽然從矮林裏跳出來，這個人的一把手槍冷冷的指著「台灣省主席李登輝」，同時大叫著說：「『台灣省主席李登輝』，快把槍放下吧，放他們走！」

王進睜大眼睛一看，哦，原來是自釣魚台列島大示威後就失蹤的范文！王進不知道范文爲什麼在這個時候在這裏現身。「台灣省主席李登輝」回頭看，不禁也吃大大的吃了一驚，大叫著說：「哦，原來是范文！范文，你爲什麼背叛我？」

但是「台灣省主席李登輝」畢竟見的事面多，就在范文還沒有立足平穩時，「台灣省主席李登輝」乘回頭之際，就向范文開了一槍。「砰！」

范文立刻隨著「台灣省主席李登輝」的槍聲倒地。不過范文似乎也不是弱者，他的也反應似乎也夠快，在他倒地之前，他也朝著「台灣省主席李登輝」「砰！」的一槍。

這兩聲槍響似乎有先後，但范文與「台灣省主席李登輝」卻似乎是在同一時間裏倒下的。

所有在場的人都沒有料到局面變成這樣，不論是路青青、謝玲玲，或者是王進，凡是在現場的，都看到這一幕，也都覺得困惑，因爲他們實在弄不清楚是怎麼回事，就那麼躺下了。王進自己也驚惶失措起來。

好在時間只有一秒鐘，王進就完全鎮靜下來了。

王進先察看「台灣省主席李登輝」的傷，沒料范文叫了起來：「不用看了，他已死了！」

「你怎麼知道？」王進問。

「因爲我不給他反撲的機會！」范文說。

「范文，你的傷不輕吧？讓我看看，別忘了我是醫生。」王進說。

「我知道你是醫生，不過我知道我一時還死不掉，所以不勞你替我診斷了。」

「那麼你怎麼會在這兒呢？」王進說。

「我當初背叛你，就是受李登輝挑撥的，」范文說：「所以自釣魚台列島大示威之後，我就與『台灣省主席李登輝』在一起了。」

「那麼你今天殺了你的上司，你怎麼向上交待？」

「這是我的事，不勞你關心，」范文忍著傷口的痛說：「這裏不是說話的地方，因此讓我簡單的把話說完，現在在這萬里長城的腳下，共有三批人馬，他們都是爲你而來的，『台灣省主席李登輝』的人要捉你，辣妹的人想救你，還有美國情報局的人也想救出謝玲玲……哎呀，痛！痛！痛！……王進兄，你聽我的話，陳已背叛台灣了，他已把你出賣了，你已沒有多少時間逃走了，你快下山找你自己的人去吧……」

「那，那，你既是『台灣省主席李登輝』的人，你爲什麼又救我？」

「因爲我做了很對不起你的事，這些年來我一直爲這件事心痛……」范文說：「王進兄，你還記得釣魚台列島大示威那夜嗎？我在逃亡之前怎麼在電話上跟你說的嗎？……我不是說我欠你太多嗎？我不是說我的一條命隨時都可以還你嗎？現在就是我還你的時候了……哎呀，痛！痛！……」

「范文，你傷的不輕，讓我看看你的傷吧！」王進說。

「我的傷不重要，你快走吧，不然你沒有機會了！」范文說：「只可惜我以後不能再保護你了。」

「我們一起走吧。」王進說。

「我殺了『台灣省主席李登輝』，『台灣省主席李登輝』跟前的人一定會找我算帳，因此普天之下，我還有什麼地方可去？」范文說：「王進兄，你看在我范文的面上，你快走吧！不然你眞的走不掉了！」范文說完了，忽然舉槍對著自己「砰！」的一聲！

王進絕沒有料到，范文竟爲他自盡！王進不禁又吃了一驚，等王進恢復神志，王進再打量四周，史治安、「台灣省主席李登輝」、范文，皆死挺挺的躺在地上，路青青可能因傷得太重，也是奄奄一息，只有謝玲玲還在蠕動，但傷的也是不輕。

「玲玲，我背妳走！」王進說。

「不，不，」謝玲玲說：「我傷得太重了，你還是快走吧，我的人都在附近找我，我是有救的，只有你……」

「但我怎麼能放下你不顧，我一個人逃呢？」王進說。

「可是你必須逃出這個地方，別說爲了你的國家，就是爲你自己也要逃出去。」

謝玲玲忍著傷痛嚴肅的說。

「這個時候還說什麼我的國家？我已是沒有國家的人了。」

「爲什麼？」

「我的任務失敗了，像往常的情況一樣，我的國家絕對不會承認有我這麼一個人，更不會承認曾經有我這麼一個密差，因此我現在是一個沒有人要、沒有人同情的棄諜。」

「但你的任務實際上是成功了，你不知道嗎？」

「成功？我並沒有成功呀？」

「辣妹一直懷疑她的內部有內奸，所以她派你傳這個底片，其實這個底片裏什麼也沒有。」謝玲玲說：「辣妹之所以要你傳假信，因爲她想誘出那個背叛的人，你以爲她是爲救徐國助呀？」謝玲玲說到這裏，聲音忽然變得嚴厲起來：「告訴你，那個奸詐的辣婆可不是什麼好心腸的人，她狠得很呢！她利用你只不過是一個例子而已，她利用別人的例子不知道有幾千萬次，成功的就好，不成功的就棄，現在你成功的誘出陳了，所以你的任務已經成功了。你知道嗎？你所帶的底片是空白的！」

「你怎麼知道這些？這些都是機密中的機密啊！」

「你不是早已知道我是美國情報局的人嗎？」

「我的問題也一樣，」王進想一想的說：「但這裏死了那麼多人，不論是誰都不會承認這是間諜與間諜火拚的結果，他們一定會當兇殺或仇殺處理，我的國家不會接受我這個殺人犯。」

「因此你更必須回去，」謝玲玲說：「現在陳叛國的事只有你知、我知，辣婆還不知，陳爲了自己的命，他一定會在辣婆還不知道他已背叛之前，先殺了辣婆滅口再說，因此辣婆已在危險中了。」

「但是就算是辣婆的事，實際上也不關我的事了，」王進說：「陳也一定會想辦法在我見到辣妹之前，先殺了我，因此即使我現在能夠逃脫，我也成了陳的祭品。我甚至想，陳在找到我之前，先綁架季季，以便要脅我。」

「這倒有可能。」

「那麼還有什麼是爲己的呢？」

「好吧，我反正逃不掉了，將來是生是死難料，我就說給你聽吧！」謝玲玲說：「我有個發誓不告訴你的秘密，」謝玲玲很痛苦的說：「你還記得我們早年在美國的戀愛嗎？那時時光多美！我就在這多美的時光裏替你生了一個兒子，他還沒有見過父親，他需要父親。」

「什麼？妳已生了我的孩子？妳怎麼早不說？」王進有如石破天驚。

「反正現在你已不能留在台灣了，而我也很難再照顧他了，那麼你到美國照顧他吧！」

「什麼？妳爲什麼不早告訴我？」王進說。

「告訴你有什麼用？」謝玲玲說：「反正你不愛我！」

王進沒有話可說了。

「我求你，你快逃吧！」謝玲玲說：「你已經沒有多少時間了，附近矮林裏全是人，我不知道這些人是『台灣省主席李登輝』帶來的人，還是我的人，如果運氣好，你也許還有一線機會，再遲了可就連那一線機會也沒有了。」

「我們還是一起逃吧！」

「我身受重傷，還是你一個人逃吧！」謝玲玲懇切的說：「別忘了你在美國還有一個兒子，爲了他，你也應該快逃！」

王進眼望謝玲玲，知道她的傷眞的很重，知道他是沒有辦法帶著她一起逃的，王進再望望矮林，幢幢人影似乎越來越近了，王進不知道那是誰的人，眞的，王進眞的不能再蹉跎下去了，如果等那些人追到，就什麼都完了，因此只好對謝玲玲說：「玲玲，我太對不起妳，如果我逃出去的話，我一定會想辦法救妳，還有，我也要快回美國。」

「願上天幫助我們吧！」謝玲玲說。

「如果我們都有命在，我們在美國見。」王進說：「我不會再負妳了！」

王進說完了，就捨下受傷的路青青與謝玲玲，立刻向萬里長城最高處奔去。王進知道，他唯一能逃得出去的方法，就是在萬里長城高處了，因爲在萬里長城高處烽火台下，有一個他自小就知道的秘道，王進上次來北京時，這個秘道還在，只是很荒蕪的雜草亂生。

跑！

跑！

跑！王進跑了好一陣子之後，終於氣喘喘的跑到萬里長城最高點了，王進眼觀後面的追兵，還沒有追上來，於是王進把頭鑽進了亂草裏的秘道。

王進在秘道裏想：現在，起碼在追兵還沒有追上來之前，暫時是安全的了，因此王進必須利用這短暫的時間好好的思考下一步。……現在，教授已被捕了，陳已叛國了，而辣妹對這些還不知情，他要怎樣把這些消息告訴辣妹呢？哦……還有……還有……他還有沒有機會再回到台灣呢？那麼美國……兒子……呢？

王進覺得，陳叛國的事，只有他才知道，因此也只有他能告訴辣妹，但陳怎麼會允許他與辣妹見面呢？此刻，陳為了保護自己，會不會已在台灣佈下天羅地網等他呢？哦……哦……還有……還有……王進又想：就算他能見到辣妹，又怎樣呢？因為此時此刻辣妹可能已把王進當做叛諜了，依慣例，所有的判諜只有一個命運，那就是被棄，因此王進在台灣已沒有容身之地了，那麼王進還應該冒著生命之險去揭發陳的叛國行爲嗎？如果王進這麼做，這對王進有什麼好處？……等等等等，王進越想越多，但王進再一轉念，突然又想到與謝玲玲臨別的話了：「你別忘了你在美國還有一個兒子，你爲了他也應該去美國！」王進自己問自己：「那麼我應該什麼也別管，回兒子身邊嗎？」

王進正這樣想時，秘道裏忽然有了動靜，一個人影一閃！王進一個機伶，趕快問：「誰？」

「我，徐國助！」徐國助話到人到，從幽暗的秘道裏顯身了。

「怎麼是你！」王進說。

「當然是我，」徐國助說：「我看著『台灣省主席李登輝』把你綁走，我看著你逃出農村，我看著范文把『台灣省主席李登輝』槍殺，我也看著你向萬里長城高處逃跑，因此我就知道你一定會到這個秘道裏來，所以我已在這兒等你多時了。」

「那麼你現在要把我怎樣？」

「我想，你現在對你自己的處境已經很明白了，我倒想知道你想怎樣。」徐國助說。

「如果你不逮捕我，我還沒有想到下一步。」

「我說過，我們是兄弟，」徐國助說：「不管你同意不同意我的中國，我們都是兄弟，而且永遠永遠都是比兄弟更好的兄弟，我不但不會逮捕你，我反會救你，那怕我爲救你而必須冒大危險，就像我在南京救你一樣，所以你儘管說出你的下一步吧。」

「那麼……你認爲我的下一步怎麼走好呢？」

「我已有情報，陳爲了隱瞞他叛國的實事，他已派人四處暗殺你了，因此回台灣這條路你已走不通了，再說，就算你能衝破陳的暗殺圈，辣妹會相信你的話嗎？你在萬里長城上殺了那麼多人，辣妹敢承認是她叫你做的嗎？告訴你，你已是辣妹的棄諜了，所以你就是見了辣妹也沒有用。」

「這個我知道，」王進說：「那你要我怎樣？」

「我想你最安全的辦法就是留在我這裏，」徐國助說：「不過那得委曲你，你從此隱姓埋名。」

「不行，我在美國還有一個兒子！」

「同謝玲玲的兒子？」

「這個你也知道？」

「我只是知道，還沒有確證，我現在才從你的話中確定，」徐國助說：「那麼我想辦法送你去美國吧，但為了你的安全，就是你到了美國以後，你也得隱姓埋名，以免中華人民共和國和中華民國雙方的間諜都追殺你。」

「不行，」王進說：「季季還在台灣，我擔心季季可能落入陳的手裏，所以我還是想回台灣，等事情完全擺平以後，再回美國。」

「哎！性命交關之時，你還是愛情第一，我眞拿你沒有辦法！」徐國助說：「那麼我就送你回不要你的台灣吧，但你以後的命運你自理吧，而且你這次一定要聽我的話，你以後永遠永遠都不要再來北京了……我們訣別吧！」

近鄉情怯

現在，王進從惡夢中醒來，發覺自己已身在一艘漁船上。王進的四周全是黑黑的夜與凶猛的海浪，漁船在大海上像一片竹葉。

王進任黑夜與海浪包圍著他，一動也不動的任海浪衝擊，王進現在倒要好好利用這黑夜最後的一點夜色，要安靜的想一想了，因爲這可能是他最後的一個黑夜了，因爲他不知道他還有沒有明天。

王進想：如果他偷渡台灣成功的話，他將面對怎樣的局面？陳與他的手下會立刻撲上來嗎？還有辣妹呢？她已拋棄他嗎？他在中華民國與中華人民共和國這場不宣的戰爭裏，究竟是功臣還是罪人呢？他……？王進越想越多，心裏的害怕與迷惘也就越多，但是王進知道，他現在只有一條路了，那就是一直走下去，他已沒有選擇的機會了……

「台灣到了，準備上岸吧！」忽然，漁船的漁夫說。

漁夫的話打斷了冗想中的王進，王進一看，果不是嗎？船頭的地方出現了隱約稀疏的燈光，台灣眞的在眼前了！但是王進馬上又想：「這就是我熟悉的台灣嗎？這就是我最愛的台灣嗎？那麼台灣是否愛我呢？」

王進遠遠的望著台灣地平線，不禁近鄉情怯，當年逃離北京的情景、南京的遇難、上海黃浦灘頭死亡之泳、季季、遠在美國還未見過面的兒子、還有落入中華人民共和國主戰派手裏的謝玲玲與路青青……等等等等，五十年來的中國，依然干戈相見！王進不禁……

密使

作　　者／于庸愚
出 版 者／生智文化事業有限公司
發 行 人／林新倫
執行編輯／閻富萍、晏華璞、鄭美珠
登 記 證／局版北市業字第677號
地　　址／台北市新生南路三段88號5樓之6
電　　話／(02)2366-0309 2366-0313
傳　　真／(02)2366-0310
E-mail／tn605547@ms6.tisnet.net.tw
郵政劃撥／1453497-6
户　　名／揚智文化事業股份有限公司
印　　刷／鼎易印刷事業股份有限公司
法律顧問／北辰著作權事務所　蕭雄淋律師
ISBN／957-818-235-X
初版一刷／2001年1月
定　　價／新臺幣250元

總 經 銷／揚智文化事業股份有限公司
地　　址／台北市新生南路三段88號5樓之6
電　　話／(02)2366-0309 2366-0313
傳　　真／(02)2366-0310

國家圖書館出版品預行編目資料

密使／于庸愚著.--初版.--臺北市：生
智, 2001〔民90〕
面：　公分

ISBN　957-818-235-X（平裝）

857.7　　　　　　　　89018696